Fernán Caballero

Ausgewählte Werke Erzählungen

2 der Stern von Andalusien - das Votivbild

Fernán Caballero

Ausgewählte Werke Erzählungen
2 der Stern von Andalusien - das Votivbild

ISBN/EAN: 9783743629912

Hergestellt in Europa, USA, Kanada, Australien, Japan

Cover: Foto ©Andreas Hilbeck / pixelio.de

Weitere Bücher finden Sie auf **www.hansebooks.com**

bringen und er machte sich auf gen Madrid. Er pflanzte sich vor den königlichen Palast und wartete, bis Se. königliche Majestät heraus kämen. So wie nun des Königs Marsch ertönte, das Militär sich aufstellte und er Se. Majestät hinaustreten sah, begann er ungeheuer laut zu rufen: He! he! Onkel König, Onkel König!

Als sie dieses Rufen vernahmen, wandten sich Se. Majestät um und sprachen zu Jenem: Unverschämter, grober, ungeschliffener Kerl. Doch trat der König ihm näher. Ich heiße Sebastian, sprach der Amtsbewerber.

Der König begann über die Verwegenheit zu lachen und fragte Jenen, was er denn eigentlich wolle. Darauf antwortete er ganz dreist, er verlange ein Amt. Es ist gut, sprachen Se. königliche Majestät, ich mache Dich zum Amtmann vom Zündschwamm.

Fröhlicher, als ein Fastnachten kehrte Sebastian nach seinem Dorfe zurück. Er zeigte mehr Selbstgefühl, als irgend einer der aufgeblasenen Bühnenhelden, die man heutzutage stolzieren sieht. — Nun, — fragte sein Weib, sobald er eintrat, sahest Du den König? — Freilich sah ich ihn! — Und sprach er mit Dir? fragte sein Weib weiter. — Versteht

sich. Er nannte mich beim Namen. — Und gab
Dir ein Amt? — Ja, ein's der besten. — Die
Frau wurde ganz wirr und rief alle Nachbarinnen
herbei, um ihnen die gute Nachricht mitzutheilen;
nachdem diese ihr viele Glückwünsche abgestattet,
wollten sie wissen, was für ein Amt denn das ge-
priesene wäre. Als ihnen der Begnadigte sagte,
es sei die Verwaltung der Zündschwämme, gingen sie
lachend von dannen und erzählten: Sebastian Cebada
ging und kam und man gab ihm — nichts. Und
ich, meine Töchter! ging an drei Ziegenhirtinnen
vorüber, sie gaben mir drei Käse, und das da blieb
übrig." —

„Vater," sagte Gracia, nahm das Gesicht
ihres Vaters zwischen ihre Hände und richtete dasselbe
gegen eine Seite der Hofwand, in welcher man auf
einem hineingeklemmten Ziegel eine prächtige Nelke
erblickte. „Siehst Du sie, halb weiß, halb fleisch-
farben wie die Wolken beim Sonnenuntergange?"

„Ich sehe, ich sehe schon" antwortete der Vater,
indem er mit unaussprechlicher Zärtlichkeit seine
Tochter anblickte:

Ein Rosenstock zeugt eine Rose
Und eine Nelk' ein Blumentopf,

Und eine Tochter zeugt ein Vater;
Für wen sie ist, das weiß er nicht."

„Armer Rosenstock, armer Blumentopf und armer Vater!" murmelte die Großmutter, die an eine verstorbene Tochter dachte, welche mit einem bösen Manne verheirathet gewesen war.

In diesem Augenblicke trat ein Nachbar in's Haus, ein junger Mensch von siebzehn bis achtzehn Jahren, nicht übel von Gesicht aber sehr klein und unvollkommen; dies war die Veranlassung gewesen, daß man ihm den Spitznamen Knirps gegeben, ein Spottname, der ihn gänzlich außer sich brachte, dem er sich widersetzte, wider den er sich erklärte und protestirte, jedoch mit sehr wenigem Erfolge. — Je hartnäckiger er denselben abwies, desto fester hing ihm der böse Name an. Es ging ihm wie dem armen Fische, welcher, je größere Anstrengungen er macht, von der Angel loszukommen, desto tiefer sich dieselbe einstößt. Wenige Tage zuvor hatte es sich begeben, daß er, auf's Höchste entrüstet, zum Ortsrichter gegangen war, um sich zu beklagen. Dieser Besuch ward auf folgende Art erzählt. Zu bemerken ist, daß der Ortsrichter, welcher ihn kannte, und der wußte, daß er ein vortrefflicher Bursche

war, der von klein auf mit unermüdlicher Geschäftig=
keit zwei junge Schwestern und seine kranke Mutter,
eine Wittwe, ernährte, ihn sehr liebte und mit Güte
empfing. — Als der kurze Beschwerdeführer vor
der Obrigkeit sich eingefunden hatte, heißt es, habe
er gesagt:

„Es nennen mich die Leute Knirps,
Wie mag ich's, Herr, verhüten?" —
„Geh ruhig heim, mein lieber Knirps,
Ich werde es verbieten."

antwortete der Richter und verfiel durch die Gewalt
der Gewohnheit selbst in den Fehler, den zu zügeln
er ihm eben versprach.

Als der Knirps mit übler und schwermüthiger
Geberde und einer geschwollenen Wange in das
Haus getreten war, sank er halbgekrümmt auf einen
Stuhl nieder.

„Was bringst Du, Alonsillo? Wie es scheint,
hast Du Essig gekostet?" fragte ihn Joseph Flores,
welcher sein Pathe war.

„Bist Du traurig?" sagte Antonia. — „Bist
Du traurig, so hänge Dir eine Schelle unter die
Nase."

„Was soll ich nur anfangen, Pathe!" sprach

der Knirps, ohne Antonia's scherzhaften Angriff zu beachten. „Die Schmerzen machen mich todt. Jetzt befinde ich mich gar übel!"

„Was schmerzt Dich denn, Mensch?"

„Alles, was Alonso heißt."

„Es waren ihrer dreißig," bemerkte Antonia, „und alle dumm."

„Sohn, wenn Du ein Fieberleiden hast," sprach Joseph Flores, „sollst Du es bald los sein, denn nichts heilt diese besser als Maienstaub und Feigenschalen."

„Es ist kein Fieberleiden, Pathe. Ich habe eine Geschwulst! Und dazu in diesem Monate, wo die Schusterarbeit am besten lohnt, die sich zum Frohnleichnamsfeste emsig rühren muß. Und der Unglücksmann von Meister antwortete mir, als ich es ihm sagte, ich wäre wie die Hunde des Pater Lobo, welche jedesmal, wenn der Hase aufsprang, eben bei Verrichtung eines Bedürfnisses waren!"

„Du bist," sprach Antonia, „wie die Alte im Olivenwalde, welche, wenn sie von der Krätze frei war, die Blattern hatte, Knirps." —

„Was Knirps?" rief Jener aus, indem sein

ungleich getheiltes Gesicht böse ward, „ich heiße nicht Knirps, mein Name ist Alonso.“

„Pontius Tollapfel, Hauptmann vom gefüllten Mantelsacke,“ antwortete Antonia. „Du weißt recht gut, daß Alle bis zum Richter Dich Knirps nennen.“

„Die Sprachlosen nicht,“ rief der Beleidigte. „Schau, wie Gracia mich nicht so nennt.“

„Ja,“ antwortete die Kleine, „Gracia ist die pax vobis.“

„Achte darauf,“ sprach Alonso, „weshalb Alle sie ihrer Engelart wegen lieben. Sehen Sie nicht, was für ein geschwollenes Gesicht ich habe, Muhme Juana Poluceno?“

Der Knirps wollte sagen Nepomuceno.

„So wahr Gott lebt, Mensch,“ antwortete die Alte.

„Ich habe eine Inflohenza“ fuhr der Knirps fort. „Als ich es dem Meister sagte, antwortete er mir spöttisch: der, dem ein Zahn weh thut, reiße denselben aus oder leide die Schmerzen. — Scheint Ihnen das wohl in der Ordnung?“

„Sohn, nimm einige Schluck in Essig gekochten Rosmarin.“

„Ich werde Dir den Rosmarin kochen," sagte Gracia schnell.

„Wer kann Schlucke nehmen?" antwortete traurig Alonso, „wenn wir zur rechten Zeit nicht einmal schlafen dürfen, um das Tagewerk zu erfüllen?"

„So muß es sein, mein Sohn," urtheilte die Alte. „Die Arbeit ist die einzige Erbschaft, welche uns seit Abam her unsere Eltern vermachten. Siehe meinen Sohn Joseph, welcher auch beim Mondenlicht seinen Acker zu bearbeiten geht."

„Die Arbeit ist ja auch die Ehre des Armen," sagte Joseph Flores.

„Ich weiß es," antwortete Alonso, „und daß Gracia Sie begleitet."

„Weil dann das Feld so einsam ist, bleibe ich wach und begleite meinen Vater," sprach Gracia.

„Und Du, Alonsillo, siehe einen begnabigten Mann, welcher Schutzengel zur Seite hat," fügte Joseph Flores hinzu.

„Ach, Papa!" rief Antonia. „Alonso's Mutter sagt dasselbe, was Du sagst."

„So wird Gott Alonso segnen, wie seine Mutter es thun wird und ebenso Gracia, wie ich sie segne."

„Mich auch, Vater! Mich auch, Vater!" riefen die beiden Kleinen. —

„Alle drei," antwortete der gute Vater seinen Töchtern, welche sich mit ihren Armen an seinen Hals gehangen hatten.

———

Achtes Capitel.

Es gibt Leute, die an nichts glauben.
Vorzuziehen bleibt, Alles zu glauben.
Vicomte d'Arlincourt.

Als am folgenden Morgen Alonso um die Essenszeit zu seinem Pathen kam, wie er es gewohnt war, ehe er in's eigene Haus ging, war er überrascht, daselbst den Pater Buendia und dessen Schüler zu finden, welche vor ihm dort eingetroffen waren. Mauricio hatte die Hände in den Taschen und gähnte, Raimundo aber hielt in den seinigen einen schönen Blumenstrauß.

Der Pater war zur Alten getreten und sprach eben zu ihr:

„Gestern Abend hat Raimundo den Blumenstrauß vernichtet, den Ihre Enkelin trug; heute bringt er ihr zum Ersatz einen andern. Den

Schaden, den man anrichtet, muß man wieder gut machen."

Das kleine Antonettchen oder Antonillchen, wie man sie nannte, war, wie wir gesehen haben, lebhaft und aufgeweckt und hatte nichts Furchtsames. Sie näherte sich dem Strauße und streckte die Hand darnach aus.

„Hinweg davon," sprach mit seiner garstigen Plumpheit Raimundo, „der Strauß ist nicht für Dich, sondern für die Andere, für den weinerlichen Stern von Andalusien, welcher hübscher ist, als Du." —

„Niemand weint ohne Ursache, auch die Sterne nicht," sprach plötzlich Alonso, dessen Eintritt Niemand bemerkt hatte.

„Ei, was für ein Gesicht!" rief Raimundo, indem er eine Lache aufschlug. „Höre, Knirps, Deine Mutter ist wohl fett und Dein Vater mager?"

„Dem Armen thut ein Zahn wehe," sprach die Alte, „hätte er gethan, was ich ihm gerathen, er würde schon geheilt sein."

„Und was haben Sie ihm gerathen?" fragte Pater Buendia.

„Er solle sich den Mund mit Weinessig, in welchem Rosmarin gekocht worden, ausspülen.

Wenn man die Schlucke heiß nimmt, verderben die Zähne nie."

„Ich wußte nicht, daß der Rosmarin diese Kraft habe," antwortete der Pater.

„Herr, der Kräfte, welche dieser gesegnete Strauch besitzt, sind so viele, daß sie sich nicht zählen lassen. Anfangs war er nur ein unnützer Feldstrauch. Allein seitdem die heiligste Jungfrau die Wäsche des Jesus-kindes zum Trocknen darüber gebreitet, grünt er stets, ist wohlriechend geworden und hat eine Menge von Kräften erlangt."

„Wie? Die Jungfrau hat die Wäsche des Christkindes über einen Rosmarinstrauch gebreitet?" rief Raimundo aus, in welchem bereits der liebens-würdige, elegante und gleichgestimmte Typus des unwissenden Skeptikers, des dummen Pedanten: Johann Läugne! hervorbrach, „woher wissen Sie das?"

„Die ganze Welt weiß das; Einer hat's immer vom Andern erfahren," antwortete die Alte, „und selbst die Strophe des Weihnachtsliedes spricht es aus:

> Bei der Wäsche stand die Jungfrau,
> Hing sie auf am Rosmarin,
> Während Vöglein dazu sangen:
> Betet das Geheimniß an!

Noch mehr, junger Herr! Seit dem Tode des Herrn blüht er jeglichen Freitag, an dem Tage seines Marterleidens, wie um seinen heiligen Leib zu balsamiren. Er bringt den Häusern Glück und heiligt diejenigen, welche in der Weihnacht damit durchräuchert sind. Sein Rauch verscheucht den Feind, reinigt die Athmosphäre und hält verderbliche Ansteckungen ab. Pulver von getrocknetem Rosmarin, die man auf das Herz legt, stimmen dasselbe heiter. Die Blüthen und die Blätter geben, wenn man sie zwischen die Wäsche thut, derselben einen angenehmen Geruch und verscheuchen die Motten. Die zartesten Sprößlinge, nüchtern mit Salz und Brot genossen, stärken das Gehirn und erhalten das Gesicht. Der Rosmarin vertreibt jedes giftige Thier. Den Körper in Wasser baden, worin Rosmarin gelegen, bewahrt die Gesundheit und kräftigt den Körper. Die Blüthe des Rosmarin mit weißem Honig gemischt, abgeschäumt und zu einer Latwerge verarbeitet, reinigt und stärkt den Magen. In weißem Weine gekochte Rosmarinblätter bilden ein Pflaster, das für veraltete Wunden zuträglich ist; dieser Wein dient auch dazu, die Haarwurzeln zu befestigen. Der Saft vom Rosmarin beseitigt, an's Ohr gebracht, solche Schmerzen desselben, die aus

einer Erkältung entsprangen. Der Rauch, den er
beim Verbrennen hervorbringt, ist gut bei einer sich
meldenden Gicht und gegen Schmerzen, er ist" ...

„Frau!" unterbrach sie Raimundo, „warum
sagen Sie nicht auf einmal, er ist ein Mittel gegen
Alles? Nach dem Gehörten ist der Rosmarinstrauch,
den Sie hier haben und der seiner Größe nach ein
Mastirbaum erscheint, der Arzt und Apotheker dieses
Hauses; hier wird es niemals Krankheiten geben."

„Doch, junger Herr, es gibt deren. Gott, welcher
dem Rosmarin seine Kräfte verlieh, machte denselben nicht mächtiger, als seinen Willen, welcher
sich jenem zuweilen entgegenstellt, weil es so in der
Ordnung ist."

„Empfindsames Mädchen," — sprach Raimundo,
indem er sich an Gracia wendete, welche inzwischen
sowohl aus Schüchternheit als aus antipathischer
Abneigung gegen diesen rohen und kühnen Burschen
sich weit zurückgezogen hatte — „hier hast Du einen
Strauß mit Deinen beweinten Sternen. Es kommen
gerade so viele, als, wie jenes Lied besagt, am Himmel
sind, nämlich 1007, das macht mit den beiden in
Deinem Gesichte und dem von Andalusien 1010.
Wenn Du die Blumen nicht nehmen magst, so
lege ich sie hier zwischen die Zweige des Rosmarin,

damit derselbe sie, wenn sie an irgend einer Un=
päßlichkeit leiden sollten, heilen möge. Ei geh'
mir! Du bist eher bei der Hand, die Blumen zu
beweinen, wenn Du dieselben verlierst, als Dich
darüber zu freuen, wenn sie Dir geboten werden."

„Das macht, weil jene mir mein Vater brachte,"
sprach leise das Mädchen.

„Waren sie deshalb schöner, als diese?" fragte
spaßend Raimundo. —

„Nein; allein ich hatte sie lieber," antwortete
Gracia.

„Ach! Was Du für ein Superfinchen, Super=
lativchen, Supersupinchen bist," sprach Raimundo,
wendete sich wieder zur Alten und fuhr fort: „Groß=
muhme, da Sie dem Rosmarin so viele Tugenden
zugestehen, so wird es nöthig sein, denselben heilig
zu sprechen und zum heiligen Rosmarin zu beten.
Wollten Sie mir wohl sagen, ob Sie dem Stachel=
ginster irgend eine Tugend zuerkennen? Was mich
betrifft, so weiß ich nicht, daß er zu Anderm taugt,
als den todten Schweinen die Borsten abzusengen
und die Katzen damit von hinten zu stacheln, wenn
sie den Blumentöpfen zu nahe kommen, an welchen
man ihn als Ehrenwächter aufstellt."

7*

„Vom Stachelginster weiß ich nichts Gutes,"
antwortete die Alte; „ich weiß nur, daß die Straße
der Bitterniß und der Calvarienberg ein dichtes Gin-
stergehege geworden, seitdem der Herr mit dem
Kreuze auf der Schulter über dieselben hinweg-
geschritten."

„Haben Sie es gesehen?"

Diese Verirrfrage der Weisen und Verständigen,
welche daraus keine Mühlräder machen, wie wir
Unwissende und Thoren, kam auch Raimundo bei,
ungeachtet er sonst ein ziemlicher Tölpel war. Ein
seltener Fall! Aber als Freunde der Wahrheit müssen
wir denselben hier aufzeichnen.

„Nein, junger Herr," antwortete die Alte.
„Aber wenn man nur glauben wollte, was man
sieht, so würden die armen Blinden nichts glauben."

„Gut gesprochen, Muhme Juana Nepomuceno,"
sprach der Pater Buendia, „und noch besser, als
Sie denken. Der Glaube kommt nicht durch das
Gesicht, sondern durch das Gehör, praestet fides
supplementum sensuum defectui. Der Glaube
muß den Mangel der Sinne ersetzen. Erweisen
Sie mir die Gefälligkeit," fügte der Pater hinzu,
indem er sich nach dem Beete wandte, „mir einige
Rosmarinzweige zu geben; ich werde mir damit

nach Ihrem Rathe das Bein beräuchern, an welchem mich ein rheumatischer Schmerz belästigt."

"Herr, so viele Sie wollen! Hier der ganze Strauch steht Ihnen zur Verfügung!"

Großmutter und Enkelinnen brachen um die Wette Zweige von dem Rosmarinstrauche.

"Genug! genug, liebe Frau," sprach der Pater, "Sie plündern ja den Strauch völlig."

"Lassen Hochwürden Sich das nicht kümmern," antwortete die Alte, "wenn man die Zweige dem Rosmarin in guter Absicht abpflückt, so setzt er, je mehr man ihm abbricht, um so mehr wieder an. Es geht ihm wie dem reichen Almosenspender, dessen Capital Gott um so reichlicher vermehrt, je mehr er den Armen gibt."

"Gut gesprochen, Frau," antwortete der Pater, "denn Niemand wird durch Almosen arm."

"Seht Ihr," sprach er zu den jungen Burschen, als sie hinausgegangen waren, "wie das heilige Gesetz Gottes für Alle erfüllbar ist."

"Freilich haben," antwortete Raimundo, "die Armen immer die Definition von Almosen in Bereitschaft, welche ihnen sehr nützlich ist, da sie es sind, welche es einnehmen."

"Du irrst Dich, Raimundo, wie denn auch

stets durch Deinen Mund die Bosheit redet," erwiederte der Pater. „Die Armen geben alle, ohne
Ausnahme, andern noch Bedürftigern, wenn diese
zu ihnen ihre Zuflucht nehmen, und nicht Alle, sondern nur Wenige empfangen Almosen. Sie beschämen also den Reichen, für den die Almosen-
spende ein religiöses Gebot, eine sociale Verpflichtung und das süßeste Vorrecht des Reichthums ist,
mit vollen Händen und ohne zu zählen, zu geben."

„Ihr ganzes Einkommen? Wenn sie auch keins
behalten? Ist es nicht so?" fragte Raimundo
ironisch.

„Nein, Sohn, das nicht! Das Volk drückt mit
seinem gesunden Sinne in einem Sprichworte das
rechte Maß im Geben auf folgende Weise aus:
„Es darf weder Dir Ueberfluß, noch mir Mangel
bereiten." Aber man soll Alles geben, dessen man
nicht bedarf. Bruder Manuel sagt in seinem por-
tugiesischen von Isidoro Fararbo übersetzten Briefe:
„Wer weniger ausgibt, als er hat, ist klug; wer
das ausgibt, was er hat, ist ein Christ; wer ausgibt, was er nicht hat, ist ein Dieb." Der heilige
Lucas sagt: „Gebt Jedem, der Euch anspricht.
Thut wohl und leihet aus ohne Wiedererstattung
zu hoffen." Das ist Christi Gesetz, mein Sohn.

Habe auch vor Augen, was der heilige Benedict sagt: „Ich bin nicht in Wahrheit ein Christ, wenn ich Christo nicht folge." Du Raimundo," sprach der Pater weiter, „bist in Deinem Betragen nicht nur unhöflich, sondern roh; schon Jenes ist ein Mangel an Liebe. Es ist nöthig, gegen Alle höflich zu sein, wenn sie auch geringer sind, denn wenn **Höflichkeit für den, der sie empfängt, eine Ehre ist, so ist sie noch mehr eine für den, welcher dieselbe erweist." *)**

Bevor sie gegangen waren und während die Großmutter und Enkelinnen für den Pater die Rosmarinzweige abbrachen, hatte sich Raimundo dem Alonso genähert und ihm gesagt:

„Höre, Knirps, unter welcher Bedingung bist Du denn in die Brüderschaft vom Pfriem eingetreten?"

Alonso antwortete nicht.

„Da Du so ein feines zierliches Kerlchen bist," fuhr Raimundo fort, „so wirst Du wohl Schuhe von Taft für die Damen und von fleischfarbigem Saffian für die Kinder machen."

---

*) Geistlicher Blumenstrauß von Bernardo de Sierra. Nicht zum ersten Male machen wir die Bemerkung, daß der religiöse Geist und die christlichen Gebote auch die edelsten Regeln über gesellige Zartheit und Feinheit enthalten.

„Ich mache rindslederne Schuhe für Manns-
leute. Verstehen Sie, junger Herr?" antwortete
Alonso, „denn wenn ich Ihnen auch fein vorkom-
men mag, bin ich doch grob in der Arbeit und wo
man es sonst noch fein muß."

„Und vor Allem haft Du es in dem Leben,
das Du führen willst, zu thun nöthig, denn bekanntlich führen die Schuster ein beschwerliches
Leben.

> Am Montag und am Dienstag Räuschchen,
> Verschlafen wird's am Mittewoch,
> Am Donnerstag und Freitag Brummen,
> Am Samstag bricht der Lärmen los.

Heute ist Freitag, da trifft Dich das Brummen;
ich kenne Dich schon gut."

„Ich brumme nicht . . ." sprach Alonso und
ballte in seinem Herzen die Faust.

Den Nachsatz seiner Rede vernahm Raimundo
nicht, der ihm den Rücken gekehrt hatte.

„Wenn ich diesen Burschen Raimundo höre
und sehe," sagte Alonso, nachdem sich der Pater
Buendia mit seinen Schülern entfernt hatte, „fühle
ich Gift im ganzen Leibe, es ist, als ob eine Ameise
mich peinigte. Er ist unverschämter, beleidigt stärker,
und fordert schlimmer heraus, als ein Raufbold. Er

hat einen größern Dünkelqualm, als ein Scheiter-
haufen, der nicht brennen will, weil er übel erwor-
benes Geld besitzt, während er ein Don Niemand
ist, der erst gestern früh aus den Staube der Erde sich
erhoben hat: denn mein Großvater kannte den seinigen, der ein Maulthiertreiber war und hinter den
Eseln drein ging."

„Schweig, Alonso," sprach die gute Alte, „Du
thust übel daran, mit gewagten Urtheilen um Dich
zu werfen und zu sagen, daß das Vermögen der
Trillos übel erworben sei."

„Liebe Frau, wer die Wahrheit sagt, sündigt
nicht und lügt nicht." —

„Versichere nicht, was Du nicht weißt, mein
Sohn. Du kennst diese Leute von der Pflugschaar
in ihrem Innern nicht; nie haben sie im Orte einen
Makel gehabt."

„Bedenken Sie nur, Gracia zu verspotten! ...
Diese böse Seele allein thut es. Ein treffliches
Loos wird dieses Kind ziehen; denn an der Vesper
erkennt man die Heiligen."

„Raimundo ist hart und lieblos, das leugne
ich nicht," sagte die gute Alte; „aber mein Sohn,
ein jedes Töpfchen hat sein Deckelchen. Er wird
sich bessern, denn dazu hat er den Pater Buendia

an seiner Seite, der ein gar gelehrter und heiliger
Mann ist."

„Der sollte sich bessern?" rief immer mehr entrüstet Alonso; „der Fuchs wird die Zähne, aber
nicht seinen Sinn wechseln. Sehen Sie nur,
nachdem er Gracia, die so heilig ist, zum Weinen
gebracht, verhöhnt er noch ihre Thränen."

„Du siehst doch aber, wie er zur Genug-
thuung einen schönen Blumenstrauß gebracht hat,"
bemerkte die Großmutter. „Du, Alonso, bist recht
edel und hast ein recht gesundes Herz; daher ist
Dein Zorn, wie das Lachen des Mohren, das als-
bald ein Ende hat."

„Glauben Sie es nicht," rief Alonso aus,
den die Geschwulst, der Zahn und Raimundo mit
einander und um die Wette aufgebracht hatten, „nur
weil ich kein Geld habe, hieß er mich schweigen.
Allein der Krug geht so lange zu Wasser, bis er
bricht. Erinnern Sie Sich an das, was ich sage,
Muhme Juana Poluceno. Durch diesen Grobian,
durch diesen Hans Dampf in allen Gassen, wird mir
irgend etwas Böses zustoßen."

„Grüble nicht, Alonso," antwortete die Alte,
„und gib der Feindschaft kein Obdach, denn das
heißt, einen Juden fressen. Der junge Herr Rai-

mundo hat Dir nichts Böses zugefügt; falls er es aber auch gethan hätte, so habe vor Augen, was das Gesetz Gottes sagt: „Hege keinen Haß gegen ben, der Dir Böses that; es ist eine Thorheit, wenn Du sündigst, weil Du ben verabscheust, welcher sündigte; eine Sünde darf nicht durch eine andere gestraft werden."

Neuntes Capitel.

Galizien bringt in Wirklichkeit,
Nur Leut' hervor von Ehrlichkeit;
Sind schwer sie von Begriffen auch,
Ist Wahrheit doch in ihrem Brauch.

Es vergingen einige Jahre. Die Zeit, diese
große Uhr, welcher Gott ihre Kette gegeben hat
und für die es keinen Stillstand gibt, läßt jene in
ihrem unaufhaltsamen Fortschritte hervorgehen und
wird sie hervorgehen lassen, so lange die große
Macht, welche sie sich bewegen hieß, ihr nicht Stillstand gebieten wird.

Diese Jahre waren verflossen, ohne eine erheb-
liche Veränderung im Leben und den Umständen
der Familie Trillo herbeizuführen. Die Wittwe
hatte sich fortgesetzt mit Arbeiten und mit ihrem
Hauswesen beschäftigt. Der Pater Buendia war be-
harrlich fortgefahren, sein Wissen zu theilen und

seine Lehren auszusäen, hatte aber dabei weniger
Glück gehabt, als seine Base, und nicht die mindeste
Ernte erzielt. Nur ein Ereigniß hatte den Zeitraum
ausgezeichnet, den wir übergehen. Es war ein
Bruder der Frau Amparo, ein Wittwer, gestorben,
welcher ein tüchtiges Capital und eine Tochter, so
wie seine Schwester, als testamentarische Verwal-
terin des ersten und als Vormünderin der zweiten,
welche jene zu sich in's Haus genommen, hinter-
lassen hatte.

Dieses junge Mädchen war gleichsam ein Er-
zeugniß der Unbestimmtheit und Eintönigkeit. In
physischer Beziehung waren ihr Körper und ihre
äußere Erscheinung eine Verbindung grader Linien
ohne Ein- und Ausbiegungen. Unbestimmt war
die Farbe ihres weder hellen noch brünetten Gesichtes, ihres Haares, das weder blond noch dunkel
war, ihrer weder blauen noch braunen Augen;
auch konnte sie im Ganzen weder hübsch noch
häßlich genannt werden. Ihr Benehmen war in
gleichem Verhältniß weder angenehm noch mißfällig;
sie erhob sich weder zur Anmuth, noch sank sie unter
das Ungenügende. Es umgab sie eine undurch-
bringliche Atmosphäre. So erzählte sie eine Uebel-
that zwar mit scharfen Worten, allein ohne die

mindeste Entrüstung; etwas Spaßhaftes erzählte sie,
ohne dabei zu lachen, und die traurigsten Dinge
ohne Erschütterung.   So sehr stand ihr innerer
Puls auf dem Nullpunkte, daß, wenn sie über Be=
gebenheiten sprach, in denen ihr Einschreiten hätte
nützlich sein oder ein Uebel vermeiden können und
Jemand ihr mit Nachdruck vorhielt, weshalb sie
nicht das Eine oder das Andere gethan, sie un=
fehlbar ohne Hinzufügung sonst eines Wortes oder
Grundes nur antwortete: Ich? —

Dieses Ich, das sehr gebräuchlich ist, ist je nach
dem Tone, womit dasselbe ausgesprochen wird, hoch=
müthig, verächtlich, abstoßend, furchtsam, zaghaft.
Bei ihr war von dem Allen nichts; es war lediglich
der Ausdruck des Verwunderns.

Man nannte sie Trinidad (Dreifaltigkeit), ob=
wohl man das Richtigere getroffen haben würde,
wenn man sie Einfältigkeit genannt hätte. — Sie
war damals vierzehn Jahre alt, also sechs weniger
als Mauricio, der jetzt zwanzig zählte.   Ein gol=
dener Traum der Wittwe war es, in aller Gesetz=
lichkeit diese beiden Sprößlinge, die Gegenstände
ihrer zärtlichen Fürsorge, und deren Vermögen, den
Gegenstand ihrer innigen Zuneigung, zu vereinigen.
Aber wenn die Wittwe es auch in ihrer Hand

hatte, anzuordnen, daß einerlei Pflugschaaren in die
Ländereien der verschiedenen Abkunft eindringen sollten,
so hatte sie doch nicht die Gewalt, anzuordnen, daß
die nämlichen Empfindungen die Herzen der verschiedenen Inhaber durchdrängen.

Frau Amparo hatte niemals von Magneten,
Sympathien, Liebestränken, magnetischen Anziehun-
gen, auch nicht von Zaubereien, ja nicht einmal
von halben Pomeranzen reden hören. Dieses
Alles, das in Wahrheit halbes Griechisch ist, war
für sie völliges Griechisch. Wäre es nicht so gewesen . . . wir möchten freilich keine verwegenen
Urtheile wagen . . . so könnte vielleicht . . . vielleicht
ein schlimmer Gedanke ihr beigekommen sein, um
einen guten auszuführen.

Ungeachtet der wenigen Hoffnungen, welche
der Tropf Mauricio und die phlegmatische Trinidad
gaben, als Liebende von Teruel aufzutreten, tröstete
Frau Amparo sich mit der verständigen Betrachtung:
Sie sind noch sehr jung; binnen zwei Jahren
werden sie begreifen, was ihnen zum Vortheile
gereicht.

In diesem Vertrauen schlief die Frau immer
tief, bis der Wecker des Hauses die ganze Welt mit
einem peremtorischen, eine Appellation nicht zu-

laſſenden Kiferiki, das er dem Morpheus in den
Bart ſchleuderte, auf die Füße brachte.

Was Raimundo betraf, ſo trieb er vollkommen
ſeinen Spott mit ſeiner Baſe, welcher er den Ekel-
namen: Fräulein Gallert beigelegt und damit der
phlegmatiſchen Eigenliebe ſeiner Baſe einen Stich
verſetzt hatte. Zum erſten Male in ihrem Leben fühlte
Trinidad ſich empfindlich berührt. Das Ergebniß
davon war, daß Frau Amparo aus der Unterhal-
tung, wie es auch vom Tiſche geſchah, jede Art
von Gallert verbannte.

Bald darauf erklärte Raimundo eines Tages
ſeiner Mutter, er wolle Advocat werden und deshalb nach Sevilla gehen, um daſelbſt zu ſtudiren.

Das Haus gerieth in Aufſtand. Die Wittwe
widerſetzte ſich. Der Pater Buendia zog ſich von
dem kitzlichen Streite zurück, indem er ſprach: velle
suum cuique est, nec voto vivitur uno. — Sein
Wollen ſteht einem Jeden frei und nicht Alle leben
nach einerlei Plane. — Mauricio unterſtützte ſeinen
Bruder in ſeinem Vorhaben und Frau Amparo
mußte wider ihren Willen und wider ihre Ueberzeugung nachgeben, wie es vielen Eltern der gegen-
wärtigen Zeit zu ergehen pflegt, worüber ein Schrift-

steller sich also geäußert hat: *) „Die Revolution
hat nicht allein die Institutionen umgestaltet, sondern auch die Ideen und Sitten verändert. Wie
andere Grundsätze, ward auch der von der väterlichen Machtvollkommenheit geschwächt, bis er mittelst einer nicht mindern Uebertriebenheit durch die
Tyrannei der Kinder ersetzt ward. Ehedem schrieb
der Vater seine Ansichten der Familie vor, jetzt gehorcht er." Das heißt, fügen wir hinzu, die Zügel
sind aus einer Hand in die andere gegangen. So
geht es jetzt zu.

Frau Amparo fand beim Abgange ihres Sohnes
einigen Trost in ihrem geheimen Rathe, welcher
aus zwei wohlverdienten Veteranen bestand.

Der eine, der Wirthschaftsaufseher, war der
Meinung, daß Raimundo mittelst der „feinen Stu-
dien" ein guter Ortsrichter werden, und die Tinte
versudelnden Advocaten und Schreiber, diese Plagen
der Welt, in die Enge treiben werde; und daß,
wenn der junge Mensch sie auch ein wenig ärgern
sollte, die Mutter sich doch in Anbetracht dessen
nicht bekümmern möge, daß, wenn man dem Füllen
das Rennen nicht verstatte, es ihm im Leibe stecken bleibe.

---

*) Don Ramon Navarrete in seinen tipos Españoles.

Der andere Rathgeber, ein alter galizischer Diener, welcher mit seiner Gebieterin sehr übereinstimmte, war derselben Meinung und sagte seiner Herrin: „Lassen Sie ihn gehen, Frau, wenn es ihm Freude macht. Ein Schloß legt man wohl vor eine Wohnung, aber nicht an junge Leute."

Es ist nothwendig, über diesen Galizier einige Worte zu sagen. Denn er war im Trillo'schen Hause eine Person von einiger Wichtigkeit. Diese Wichtigkeit, die er geltend zu machen wußte, verdankte er fürwahr weder seiner Pfiffigkeit noch seinen Schmeicheleien. Blas Sampago war nicht durch dergleichen Mittel von schlimmer Art emporgekommen. Er verdankte dieses seinen Diensten und seiner Redlichkeit und es lag ihm wenig daran, ob seine Herrschaft zufrieden mit ihm war oder nicht. Ihm lag nur daran, daß Alles gut und redlich hergehe. Er liebte nämlich wie die Katzen das Haus, ohne seine Herren sehr zu lieben. Er würde geweint haben, wenn sie einen Piaster verloren hätten; hätte aber eins der Kinder einen Arm gebrochen, so würde er mit großer Gleichgiltigkeit gesagt haben: „Es geschieht Dir schon recht, warum fällst Du?"

Blas besaß Treue, aber doch nicht die Selbstverleugnung der Schweizer; denn Geiz und Selbstsucht

sind Zwillinge, welche in gleichem Verhältnisse auf=
wachsen. Er gab, ohne daß man ihn fragte, seine
Meinung — welche, wenn auch nicht immer verständig,
doch stets grade und rechtschaffen war — sowohl
über Dinge ab, die ihn angingen, als über solche, die
ihn nichts angingen. Für ihn gab es keine Vor=
liebe und keine Abneigung. Die Sachen gingen
ihm über die Personen, die Berechnung über das
Gefühl. Die Frau verstand ihn, Mauricio hörte
nicht auf ihn, und Raimundo gebot ihm Schwei=
gen, ſbas der getreue Diener nie befolgte, welcher,
wie viel Geflügel er auch gezogen hatte, deßhalb
nicht aufgehört hatte, recht schwer zu sein.

Als er sich zuerst vorstellte, um sich zu ver=
dingen, begann Frau Amparo damit, ihm alle Ar=
beiten aufzuzählen, die er zu verrichten haben würde.
Bei jedem Punkt antwortete er: „Schon gut! schon
gut!" So kam es, daß die Frau ihn auf eine so
außerordentliche Weise überlud, daß, wenn der
Tag anstatt vierundzwanzig Stunden deren acht=
undvierzig gehabt hätte, keine für den Diener frei
und ohne Geschäft geblieben wäre. Es ward im Ver=
folg auch der Artikel wegen der Kost besprochen; aber
der Galizier schnitt der Frau den Faden der Unter=
haltung durch die Versicherung ab, daß er in diesem

besondern Punkte allein auf die Quantität und nicht auf die Qualität sehe. Im weitern Verlauf fragte er: „Und die Schmiere?"

„Die Schmiere?" antwortete die Frau. „Geh mir mit der Frage! Was geht Dich die Schmiere an?"

„Sehr viel geht sie mich an, Frau."

„Aber wozu willst Du dieselbe?"

„Für mich, versteht sich!"

„Hast Du vielleicht einen Wagen, der ihrer bedarf?"

„Ich habe keinen Wagen, sie ist für mich."

„Seltsame Forderung!"

„Noch seltsamer, daß man Knechte halten, sie aber nicht schmieren will."

„Ich gebe nun einmal meinen Dienern keine Schmiere."

„Und ich arbeite nicht ungeschmiert."

„Wer hat jemals einen Diener Schmiere fordern hören?"

„Und wer hat eine Herrschaft gesehen, welche verlangt, daß man ihr diene, ohne geschmiert zu sein?"

Die Frau ward ungeduldig, der Galizier unwillig; sie würden höchst aufgebracht sich getrennt haben, wenn nicht der eintretende Arbeitsaufseher der Frau Amparo verdeutlicht hätte, daß die Schmiere den Lohn bedeuten solle.

Als sich die Familie eine Zeitlang auf ihrem Meierhofe aufhielt, sendete die Hausfrau, welche gottesfürchtig war, sehr auf Ordnung hielt und nicht zugab, daß ihre Leute an Festtagen die Messe versäumten, den Blas eines Sonntags nach der Stadt, um die Mittagsmesse zu hören und ließ ihn eine Eselin besteigen, die er bei seiner Rückkehr mit Eßwaaren beladen sollte.

Die Eselin war alt und wie sehr auch Blas sie antrieb, kam er doch zu spät vor der Kirchenthür an und konnte nicht mehr zur Messe gelangen.

In der Verzweiflung wandte er sich gegen die Eselin, zog voll Zornes den Hut, den er in der rechten Hand hielt, vor derselben und sprach: „Deine Seele hat's dereinst zu verantworten!"

Er stand in so gutem Einvernehmen mit Frau Amparo und identificirte sich — mittelst seiner Ge= setzlichkeit und seines guten Glaubens, die den Ga= liziern von Alters her eigen sind — so sehr mit dem Hause, daß Jahre über Jahre vergingen, ohne daß er in sein Vaterland heimkehrte oder sich seines Weibes erinnerte, welches endlich eine Requisition erließ, um auf gerichtlichem Wege sein verloren ge=

gangenes Gut wieder zu erlangen. Es gab keine
Ausflucht. Blas mußte gehen, um seiner Dido über
seine Person Rechenschaft abzulegen.

Es ereignete sich aber, daß er in dem ver-
hängnißvollen Augenblicke ankam, wo eben eine der
beiden Kühe gestorben war, mit denen seine Frau
sein Feld bestellte. Diese, ein unerschrockenes Mann-
weib, wies ihrem Manne, er mochte wollen oder
nicht, die Stelle der todten Kuh an, um an der
Seite der lebendigen arbeiten zu helfen; und das
Feld ward bestellt und besäet. Blas spielte diese
gemächliche Rolle mit schwerem Widerwillen, schickte
sich aber zuletzt darein. Als ihn aber in der Folge
die Nachbarn zum Ortsrichter machen wollten, fand
er sich darein nicht und begann unter dem Eindrucke
des Schreckens darüber, sich in Trab zu setzen, ohne
sich umzusehen, bis er nach Vigo gekommen war,
wo er sich auf dem Dampfer einschiffte. Einmal
darauf angekommen, nahm er seinen Platz in den
tiefsten Eingeweiden desselben, in freundschaftlicher
Eintracht mit den Steinkohlen, und brachte seine
zierliche Person nicht eher an's Licht, bis der
Dampfer in der Bai von Cadiz ankerte.

So geschah es, daß Blas in übelster Laune
zurückkehrte, denn das Ergebniß seiner Reise war,

daß er in Galizien ein bestelltes Feld, einen Sohn mehr und eine mißachtete Richterstelle zurückließ. Das Alles kostete ihm 600 Realen, die er bitterer beweinte, als seine Sünden.

Raimundo reiste ab. Sobald er in Sevilla angekommen war, verfolgte er seine guten, und seinen Absichten. Er ließ sich bei der Tabacksgesellschaft, aber nicht an der Universität immatriculiren, widmete sich den Saufgelagen, aber nicht dem Katheder, besuchte die Spielhäuser, aber nicht die Hörsäle, schloß sich den Cigarrenmacherinnen, aber nicht den Professoren an, öffnete viele Flaschen aber wenige Bücher und fand zu dem Allen Geld, weil das Geld, wenn es lasterhaften Zwecken dienen soll, gern zur Hand ist, wie es der Fall nicht ist, wenn es guten Zwecken dienen soll. Es hat doch so recht den Anschein, als ob dieses bleiche und schmutzige Geld, dieses Napoleonspack, diese Piaster, denen mit so treffender Eigenthümlichkeit die Bezeichnung harter beigelegt wird, sich zurückziehen und versagen, wenn man dieselben in guter Absicht sucht, aber lachen, springen, sich gefällig erweisen und entgegenkommen, wo es schlimme gilt.

Zehntes Capitel.

Während diese Dinge im Hause der Trillos sich
begaben, ward dasjenige des Joseph Flores von dem
großen Ungemach der Armen heimgesucht, von demjenigen, das hinter sich alles Uebrige herzieht: der
Krankheit. Joseph, trotz aller seiner Stärke und
Thatkraft ein Opfer der Gicht, lag regungslos auf
seinem Bette.

Die Engel im Himmel allein sahen und konnten die herzzerreißenden Thränen und die auserlesenen
Beweise der Zärtlichkeit, welche Mutter- und Kindes-
liebe um die Wette verschwenderisch ununterbrochen

einen um den andern dem Leidenden spendeten,
zählen. Daher brachten denn auch diese mitleidigen
Engel zuweilen Trost, den man am sanften Lächeln
des Kranken, sowie an der unendlichen Glückseligkeit
erkannte, welches dieses Lächeln seiner Umgebung
mittheilte.

Der unermüdliche Beistand dieser hilflosen und
geweihten Geschöpfe war Alonso. Immer, wenn er
von der Arbeit kam, eilte er zu ihnen, richtete ihnen
Aufträge aus, bezahlte die Arzneien, brachte dem
Kranken von Zeit zu Zeit ein halbes Pfund Schoko-
lade oder sein Viertel vom Zuckerbrote und zerstreute
und tröstete Alle, indem er ihnen erzählte, was er
wußte und was ihm eben einfiel.

Allein die Hilfsmittel wurden immer spärlicher,
und eines Tages rief die arme Alte Alonso bei
Seite und sprach weinend zu ihm:

„Ein guter Engel hat Dich hierhergeführt,
mein Sohn. Was würde ohne Dich aus uns
werden?"

„Schweigen Sie doch um der heiligsten Maria
willen, gute Frau," antwortete Alonso, dem sein
schönes Herz fast zerdrückt ward.

„Höre, mein Sohn, was ich Dir zu sagen
habe," fuhr die Alte fort. „Du weißt schon, Alonso,

daß, wo es nur hinausgeht und nichts hinzukommt ...
das Ende abzusehen ist. Jetzt, mein Sohn, ist in
der Krankheit Alles darauf gegangen und es bleibt
uns kein anderes Mittel übrig, als den Acker zu
verkaufen. Ich möchte nun, daß Du uns einen
Käufer suchtest. Wie soll es nur werden? Gott gab
uns denselben und desto größer ist mein Schmerz,
ihn verlieren zu sollen."

„Gott gibt ja Alles," sprach Alonso.

„Allerdings!" antwortete die Alte. „Du mußt
aber wissen, daß dieser Acker auf eine außerordentliche
Weise in unsern Besitz kam und daß die Vorsehung
uns denselben wie unter Trompetenschall gab. Eines
Tages ging ich mit einer Nachbarin vor'm Lotterie-
hause vorbei. Jene bat mich, mit ihr zu setzen. Ich
hatte nur drei Realen. Mein Sohn arbeitete auf
einem Meierhofe. Vor'm Samstag kehrte er, um sich
zu erholen, nicht heim; auch war Niemand, der auch
nur einen Real zu meiner Thür hineingebracht hätte.
— Mein Sohn Alonso, ich ließ mich blenden und
setzte mit der Nachbarin 21 Cuartos.

Kaum war ich nach Hause gekommen und befand mich mit meinen drei Cuartos in der Tasche
allein, als ich mein grobes Versehen erkannte. Es
lag mir schwer auf der Seele, dasselbe begangen zu

haben. Es erschien darauf ein Armer an der Thür, den ich wenig freundlich und ohne Mitleid fortschickte.

Kurze Zeit nachher ging ich aus, um wenigstens vier Viertel Bohnen zu kaufen und damit ein Gemüse für meine Kinder anzusetzen. Beim Hinaustreten war das Erste, was mir in's Auge fiel, der arme Alte, der mich um ein Almosen gebeten hatte. Er stand, an die gegenüber befindliche Wand gelehnt, in einem matten Sonnenschein und zehrte an einem Kohlstrunke. Ich weiß nicht, was ich empfand, Alonso; aber mein Geist kam aus der Fassung und mein Herz war mir zerdrückt, als steckte es in einer Presse. Ich lief auf ihn zu und gab ihm die drei Cuartos. Darauf, Alonso, sagte er dreimal zu mir: Gott lohne es Ihnen! Gott lohne es Ihnen! Gott lohne es Ihnen! Und wenn diese Stimme nicht Jesu Stimme selber war, war es eine Stimme, welche zu ihm gelangte, denn, wenn wir uns auch an diesem Abend ohne Nachtessen niederlegten, so bezahlte Gott doch am folgenden Morgen die Schuld des Armen mit reichlicher Vervielfältigung, wie die göttliche Majestät erstattet, denn es war auf meine Nummern ein Gewinn von fünfzehntausend Kupferrealen gefallen. *)

---

*) Alles historisch. Dergleichen Dinge erfindet man nicht.

Mit diesem Gelde halfen wir vielem eigenen und fremden Elend ab. Wir setzten das Boden= stockwerk auf das Haus, feierten dem Herrn vom wahren Kreuze ein Dankesfest und kauften den Acker. War's ein Wunder oder keins?"

„Verlieren Sie den Muth nicht, Muhme Juana," antwortete Alonso. „Gott hat noch mehr zu geben, als er bereits gegeben hat. Es wird an Hilfe nicht fehlen, und der Acker wird, so lange ich lebe und mein Erbgut (dabei zeigte der treffliche Jüngling auf seine Arme) noch schuldenfrei ist, nicht verkauft."

Hernach brachte er zweihundert Realen, die er sich von seinem Meister als Vorschuß auf seine Arbeit erbeten. Der Acker ward nicht verkauft. Joseph erfuhr es. Da er nicht sprechen konnte, waren zwei große Thränen der Ausdruck seiner Empfindung. Er machte Alonso ein Zeichen, näher zu treten, und legte mühsam seine Hände auf das Haupt, das Jener beugte; er erhob seine Augen gen Himmel und verrichtete ein innerlichs Gebet, worin er Alonso segnete. So verstanden es seine Mutter und Töch= ter, denn Joseph sah sie, als er den Blick wieder senkte, auf den Knien und hörte sie: Amen! sagen.

Alonso verließ das Zimmer in solcher Betrüb= niß, daß, nachdem er das Wasser getrunken, das

sich Gracia ihm zu reichen beeilt hatte, er sich an=
lehnte und sein Antlitz an der Brust der Alten barg,
welche ihm gefolgt war.

Mein Gott! Was sind das erklügelte, abge=
broschene, gezierte Empfinden und die falschen Er=
regungen melancholischer Leute, maßloser, mürrischer
oder übellauniger Personen im Vergleich mit dem
ursprünglichen und energischen Empfinden der Natür=
lichkeit an ihren reinen und echten Quellen?

Je mehr Zeit inzwischen verlief, mit desto grö=
ßerer Liebe schaute Alonso Gracia an. Sie ihrer=
seits blickte täglich mit größerer Dankbarkeit und
Zärtlichkeit auf Alonso, weil Gracia nicht zu jener
Gattung von weiblichen Wesen mit verirrten Nei=
gungen gehörte, welche das Gute und Rechtschaffene
weder anzieht noch blendet. Nein, das Gute und
Rechtschaffene im Gegentheil waren es, die mit
ihrem edeln und reinen Wesen übereinstimmten. Da=
zu kam, daß jede der fürsorglichen Aufmerksamkeiten,
die Alonso ihrem Vater, den sie fast anbetete, in
verschwenderischem Maße zukommen ließ, eine neue
Wurzel ward, mit welcher sich jene Liebe, die ein Er=
zeugniß ihrer Dankbarkeit und Hochachtung war,
in ihrem Herzen tiefer befestigte.

Eines Abends hielt die Majestät in das

Haus des Armen ihren Einzug ohne Gefolge und
äußern Schein, wie sie, zum Vorbilde für Demüthige
Mensch geworden, auf Erden einherging.

Unser Jüngling und sein Bruder trugen zwei
Leuchter; ein Chorknabe ließ ein Glöcklein ertönen.
Gott nahete arm, wie er durch die Welt gegangen
war, und wie damals kam er zu den Armen und
Sanftmüthigen, wie damals anbetungswürdig, trö-
stend, rettend und groß.

Freilich würde er, wenn er noch in seiner Menschheit gelebt hätte, freiwillig in dieses arme Haus gekommen sein, in welches er mit so großer Liebe ge-
rufen, worin er mit so großer Hoffnung erwartet
und mit so viel Glauben empfangen ward!

Als Alonso von der Zurückbegleitung der Majestät heimgekehrt war, machte ihm Joseph, welcher
nicht zu sprechen vermochte, ein Zeichen, er solle näher
treten. Sodann richtete er seine Augen fest auf den
Altar, der zu dem erhabenen Acte hergerichtet war.
Die betrübte Gracia, welche mit ihrer sanften christlichen Kraft ihren unermeßlichen Schmerz zurück-
drängte, um sich nicht einen Augenblick von der
Seite ihres Vaters entfernen zu dürfen, begriff, oder
besser gesagt, ahnte, was er wünschte, und brachte

ihm das Bild des Herrn vom wahren Kreuze, das den Altar schmückte, näher vor Augen.

Nun bewegte Joseph die Lippen, als ob er reden wollte.

Gracia, welche schon an das Verständniß seiner stummen Sprache gewöhnt war, sagte:

„Die Worte?"

Joseph machte ein Zeichen der Bejahung und hob drei Finger auf.

„Das dritte Wort?" fragte Gracia.

„Weib, siehe hier Deinen Sohn," murmelte schluchzend die Alte, indem sie sich der Worte am Kreuz erinnerte.

Joseph machte abermals ein Zeichen der Bejahung und blickte mit seinen ausdrucksvollen Augen zuerst seine Mutter, sodann Alonso an.

Dieser, vom Gedanken des Sterbenden durchdrungen, trat an die arme Alte heran, welche er unter den Worten: Mann, siehe hier Deine Mutter!" umarmte.

In Joseph's Antlitz glänzten eine heilige Freude und eine zärtliche Dankbarkeit.

Hierauf blickte er Gracia und dann Alonso an: Beide verstanden ihn. Gracia schlug die Augen

nieder und Alonso sprach mit ruhiger, doch bewegter
Stimme: „Wenn sie will?“

Joseph schaute hin zum Herrn am Kreuz und
that einen Seufzer. Gracia erhob das Gesicht und
stieß einen Schrei aus. Ihres Vaters Haupt war
auf das Kissen zurückgesunken; seine Augen waren
geschlossen; mit jenem Seufzer der Liebe und Dankbarkeit war seine christliche, rechtschaffene, liebende
Seele hingeflogen an den Busen ihres Schöpfers!
Der Tod verscheuchte allmälig mit seinem ernsten
Gepräge jenes süße und heilige Lächeln, den letzten
Ausdruck seines guten Lebens.   — ·   ·

Unnöthig wie unmöglich ist es, den Schmerz
dieser liebenden und hilflosen Geschöpfe, nachdem
auch nicht einmal mehr die Leiche dessen, den sie so
sehr geliebt, im Hause war, zu schildern.

Der Schmerz erhebt die Jugend und beugt das
Alter; er ist in seiner Herrschaft ein größerer Des-
pot, wenn er dieselbe als vorübergehend betrachtet,
wie es mit dem Schmerze junger Leute der Fall ist,
als wenn er sie als eine immerwährende kennt, wie
es sich bei alten Leuten verhält. So war es denn
auch die Großmutter, welche, von der christlichen Ergebung unterstützt, ihren Trost und ihre

Belehrungen ihren Enkelinnen zu Gute kommen
ließ.

„Verlieren wir die Hoffnung nicht, meine
Töchter," sprach sie zu ihnen; „Gott verläßt Keinen,
der auf ihn vertraut. Er ist der Vater der Waisen.
Das wird Euch ein Beispiel beweisen, welches ich
Euch erzählen werde:

Als Gott noch auf Erden wandelte, ging er
eines Tages in Gesellschaft des heiligen Petrus.
Es traf sich, daß sie an einem Hause vorüberkamen,
in dem ein kleines Mädchen war, das bitterlich
weinte. — Warum weinst Du, fragte der Herr dasselbe. — Weil meine Eltern gestorben sind, antwortete die Kleine. — Es wird auch wohl, sprach
St. Peter, deshalb sein, weil Du Niemand haben
wirst, der Dich erhält. — Daran denke ich nicht,
entgegnete die Kleine. — Wer wird Dich denn aber
erhalten? fragte sie der Heilige. — Darum be-
kümmere ich mich nicht, sagte die Kleine weiter;
denn Gott hat mich erschaffen, Gott wird mich erhalten.

Bald darauf kamen der Herr und St. Peter
an einem Hause vorüber, in welchem sich zwei alte
Leute, Mann und Frau, befanden, die mit großer
Anstrengung arbeiteten. — Weshalb arbeitet ihr mit

solcher Aengstlichkeit und Emsigkeit, da Ihr es nicht bedürft, fragte sie der Herr. — Es ist nöthig, an den morgenden Tag zu denken, antworteten die Alten. — Es wäre besser, Ihr dächtet weniger an den morgigen Tag und mehr an die Ewigkeit und setztet mehr Vertrauen auf die Vorsehung, sprach der heilige Petrus zu ihnen.

Als der Herr und sein Jünger sich zum Essen niedergesetzt hatten, nahm der erste ein Tellerchen voll von seiner Speise und sprach zum heiligen Petrus: Geh' und bring' dieses Tellerchen voll Speise dem Kinde, das auf seinen Schöpfer vertraute, und sage ihm, es solle ihm niemals fehlen.

Der Heilige that also, und als er vor dem Hause der reichen und begehrlichen Alten vorbeikam, sah er, daß Räuber in dasselbe eingedrungen waren und die Herrschaft ermordet hatten.

Ihr seht also, meine Töchter, daß wir keinen Grund haben, trostlos zu sein. Wir haben Alonso, welcher uns in Obacht nehmen wird, und Ihr könnt nähen und sticken und werdet Euch mit Euern Händen ernähren können.

In der That nähten und stickten die Mädchen, besonders Gracia, mit Vollkommenheit.

Es scheint unglaublich, wie viele junge Mädchen in den Dörfern sich in diesen Handarbeiten
auszeichnen, ohne andere Mittel als ihre gute natürliche Anlage und die Anweisung, welche sie von den
weiblichen Armenschulen empfangen, während die
Christenlehre in jener eintönigen und kindlichen Weise
gesungen wird, wobei die Großen, welche fragen,
mit den Kleinen, welche antworten, abwechseln; in
jenen Mädchenschulen, worin sie die lieblichen, so
naiven, das heißt einfachen und schlichten Erzählungen lernen, welche die Neuzeit so sehr verachtet
und von sich weist, und die sich allmälig in Vergessenheit verlieren werden. Wie gewiß ist es, daß
der feindliche Skepticismus und der am Boden sich
hinschleppende Rationalismus als ersten Adjutanten
den Prosaismus, als erstes Ergebniß die Entzaube-
rung und als Folge das Vorherrschen des Materiellen über das Geistige mit sich führen!

Was haben auch die am wenigsten Aposta-
sirenden mit ihrer Theodicee Anderes erreicht,
als die Vernichtung der Offenbarung, das Er-
löschen des Glaubens und die Hervorbringung jenes
großen Chaos von unzusammenhängenden, ver-
worrenen, geschraubten, unbegreiflichen und wider-
sprechenden Ideen? O, Ihr Abgefallenen, trübet

9*

die Quelle nicht, welche Euern Durst
löschte. *)

Gracia's zärtliches Herz hatte, wie wir bereits
erzählt, die Hochachtung und Dankbarkeit, welche
ihr Alonso einflößte, in eine Liebe verwandelt, die
so rein, lieblich und sittsam wie sie selber, aber zugleich so ausschließlich war, daß die ganze Welt für
sie in dem niedern Häuschen beschlossen lag, in
welchem ihre Eltern geboren und gestorben waren,
in dem sie sich von ihrer guten Großmutter, von
ihren Schwesterchen und Alonso umgeben sah.
Allein seit ihres Vaters Tode war diese Liebe,
welche in beiden jungen Leuten gefühlt, aber nicht
ausgedrückt, gelebt hatte, wie eine Musik ohne Text,
mit dem guten Glauben und der Offenherzigkeit
öffentlich erklärt worden, welche in solchen Dingen
unter dem Landvolke im Schwange sind.   Der
letzte Wille ihres Vaters hatte diese Liebe geweiht,
und Gracia beeilte sich, an's Gitter zu kommen,
wenn sie Abends die Stimme des rechtschaffenen
und glücklichen Alonso vernahm, welcher daher kam
und sang:

---

*) Shakspeare.

„Es wird das Herz mir abgedrückt,
    Gehst Du im schwarzen Kleid,
Denn Deines Schmerzes Schatten schon
    Erregt mir tiefes Leid.

Verwünscht das finstere Gewand!
    Der Schneider mit, der's schnitt!
Mein Mädchen trägt ein Trauerband
    Und ich — bin doch nicht tott!“

Elftes Capitel.

Wo werden wir in Zukunft jene schönen
Begriffe von Moral antreffen, welche unsere
Wünsche auf eine bessere Welt bezogen? Der
Egoismus schreitet mit aufgerichteter Stirn
einher. Auf Alles bringt derselbe feindlich ein,
von der Jugend an, welche von einem gie-
rigen Ehrgeiz in dem Alter geplagt wird,
in welchem sie ehedem nur hochherzigen Ge-
fühlen Raum gab, bis zu dem Alter, das
mit einem Fuß im Grab auf die Hausse
und Baisse speculirt und für die Spanne,
die ihm vom Leben noch blieb, von einer
gemächlichen und gediegenen Zukunft träumt.

Keratry's Rede
in der Nationalversammlung.

An einem Herbsttage saßen im Hause der
Wittwe Trillo im Speisezimmer an einem nicht an-
gestrichenen Tische von Fichtenholz die Hausfrau,
der Pater Buendia, Trinidad und Mauricio.

Die Tafel bedeckte ein Urtischzeug, wie man es

hier und da in Gasthäusern und Herbergen sieht;
Tischzeug, das, wie oft auch der Befehl zum Hin-
wegnehmen ergeht, doch nie hinweggenommen wird,
das, wenn es von Leinen ist, so erscheint, als ob
es aus Nadelspitzen bestände, und wenn es aus
Baumwolle ist, als Bettdecke dienen könnte. Schwer
liegt es Einem auf dem Schooß und verletzt die
unvorsichtigen Lippen, die ihm nahe kommen. Darin
thut dies Zeug recht; es gibt jenen eine Anstands-
lection. Denn schöne Lippen dürfen nie in den Fall
kommen, eine Serviette nöthig zu haben.

Auf dem Tischtuche stand eine reichliche Mahlzeit, welche, wenn auch nicht auf französische und
zierliche Weise, wohl zugerichtet war, denn die Wittwe
leitete die Bratöfen ihres Hauses mit derselben ge-
schickten Sicherheit, womit sie ihr Ackerwesen dirigirte.

Das irdene Geschirr war aus der neuen Fabrik
zu Cartuja, das sich schon über die ganze Provinz
verbreitet hat und im Gebrauch ist.

Das Glasgeschirr war eine seltsame Vereinigung aus verschiedenen Zeitaltern und Arbeitsarten,
das Silbergeräth gut und schwer, der Wein schlecht
und leicht und für alle Flaschen derselbe.

Eine Wolke von Traurigkeit hatte die auf dem
Antlitze der Frau Amparo vorher lange Jahre ein-

förmig gewesene Ruhe abgelöst. Drei Jahre waren
verflossen, seit ihr Sohn in Sevilla — studirte —
wenigstens glaubte dieses die arme Frau — und
nicht nur an seine Familie nicht geschrieben hatte,
sondern nicht einmal gekommen war, dieselbe zu
besuchen. Seiner Mutter war jedoch das liederliche Leben, das er führte, nicht ganz unbekannt,
da sie bei verschiedenen Gelegenheiten in Folge ge-
richtlichen Zwanges verschiedene Summen hatte bezahlen müssen, welche, obwohl nicht sehr beträchtlich,
doch in Anbetracht des gewöhnlichen und erbärm-
lichen Kreises, zu dem ihr Sohn sich herabgelassen
hatte, hinreichend waren, seine Verirrungen an den
Tag zu legen.

Obgleich Mauricio fortwährend kränklich gewesen war, fand er sich doch durch die Mineral-
bäder von Chiclana, die ihm die Aerzte verordnet
hatten, etwas erstarkt.

Was Frau Amparo mit ihrer richtigen Einsicht
vorausgesehen, hatte sich bewahrheitet. War es nun
die natürliche Neigung, die der Umgang erzeugt,
oder war es die Anhänglichkeit, die Tochter der Gewohnheit, durch die Ueberzeugung verstärkt, daß es
ihm zuträglich sein würde, Mauricio hatte eine große
Anhänglichkeit an seine Base gewonnen. Weniger

deutlich hatte Trinidad dieselbe Empfindung. Die Abwesenheit ihres Vetters auf seiner Reise in die Bäder hatte bei ihr eine Leere wie im Hause so bei Tische zurückgelassen, welche sie bewog, seine Rück= kehr zu wünschen, wie Personen, welche an Gemäch= lichkeit und Gleichförmigkeit gewöhnt sind, wenn Sachen von ihrer Stelle hinweggenommen wurden, wünschen, daß solche ihre Stelle wieder einnehmen.

So kam es, daß, als die Wittwe es anordnete, Beide sehr rasch bei der Hand waren, sich zu hei= rathen, ohne daß zwischen ihnen weder vorher noch nachher Worte der Liebe, der Leidenschaft oder Eifer= sucht eine Vermittlung hätten eintreten lassen. Diese Reizmittel hielt Frau Amparo für so unnöthig zu guten Ehen, wie feine Gewürze für ihren Brotteig. Und die Frau hatte in ihrer vernünftigen Prosa Recht; denn der reine Bach rinnt immer klar, ruhig und heiter, so lange die Atmosphäre freundlich und ohne Wolken ist.

Der Pater Buendia und Mauricio waren von ihrem Zuge mit dem Anfange dieses Capitels eben zurückgekehrt, und Mauricio erzählte während des Essens die Einzelheiten und die Eindrücke seiner Reise. Denn zu Eindrücken bringt es das Fassungs= vermögen Aller, die da reisen.

Schon hatte der Reisende das Wunder des
Dampfers gemeldet, welcher ihm ein auf ein Boot ge-
setztes Besuchszimmer war, das sich durch das Mittel
von Rädern wie von Mühlen vorwärts bewegte,
die rauhen Antworten, die ihm das Meer gab, das
eine weder bei Tage noch bei Nacht ruhige Wasser-
aue zu sein schien und Schaum spritzt wie Seifen-
blasen. Er hatte erzählt, wie die Häuser von Cadiz
wenigstens zehn Stockwerke hätten, eins über dem
andern wie Thürme, und wie Chiclana ein sehr ge-
putztes Landörtchen wäre mit vielen Herren im Frack
und Ueberzieher und mit vielen Zugochsen, von
denen die ersten so zügellose Zungen hatten, daß das
Gerücht ging, sie hätten sogar bei unserm Pater
Worte Eingang finden lassen, welche zu unserer
Väter Zeiten niemals die Lippen anständiger Leute
besudelten.

„Mutter," fügte er hinzu, „Du weißt aber
das Beste von der Geschichte noch nicht. Eines
Nachmittags, als der Pater und ich unsere Siesta
abhielten und schliefen, erweckte uns ein Lärm,
welcher sich von der Straße herauf hören ließ. Wir
schauten vom Balcon hinaus und wurden gewahr,
daß derselbe von einigen fahrenden Bettelstudenten
hervorgebracht ward, welche dahergezogen kamen

und zum Guitarrenspiel und Rühren der Schellen-
trommeln mit Schlägeln sangen. Sie hatten ein
Gefolge von Kindern hinter sich, welches die Straße
ausfüllte. Unter den Studenten gab es gute
Burschen. Aber, Mutter, was bekamen wir zu
sehen! Mit Fleiß hatten sie sich die Kleider und
Ueberröcke zerfetzt und verkehrt angezogen. Ihre drei-
eckigen Hüte hatten sie in die Quere aufgesetzt, und
Gesichter, fröhlicher als Feiertage. Mit ihren hellen,
wie Trompeten kräftigen Stimmen sangen sie fürwahr recht gut die folgenden Strophen, welche mir
eingeprägt geblieben sind:

> Wenn erscheinet ein Student
>   An der Ecke eines Marktes,
> Ruft der Höker Chor behend:
>   Schafft den Jagdhund uns hinweg.
> Liebchen geh, die Liebesäpfel laß,
> Denn die sind ja nur Studentenfraß.
>
> Malen sollt ein armer Schlucker
>   Von Student den lieben Mond,
> Bei dem Hunger, den er spürte,
>   Malt' er ein Gericht von Kohl.
> Liebchen gehe, steig auf's Dach und sieh,
> Wie die Alt' ein Eidechslein frisirt.

Indem sie sich nach dem Balcone wandten, der
dem unsrigen gegenüber sich befand und von welchem
einige Damen niederschauten, sangen sie:

Ständen in den Büchern Damen,
    Wie ich hier sie vor mir sehe,
Würd' ich fleißig alle Abend
    Zum Studiren nur verwenden.
Liebchen, gehe, steig' und sieh vom Thurm
An dem Wetterhahn, wie geht die Luft.

Als sie uns erblickten, schaute einer von ihnen
dem Pater Buendia grade in's Antlitz und sang:

Edelmüth'ger Ritter, gebet
    Einen Dreier uns zum Kauf,
Unser Wanst ist, wie Ihr sehet,
    Dünne wie ein Flintenlauf.

Ich möchte aber wohl, Mutter, Du hättest des
Paters Gesicht gesehen, als der Student das seinige
erhob, um seinen Hut hinzustrecken, den er in die
Hand genommen hatte, um das Geld aufzufangen.
Wer, glaubst Du wohl, war es? — Raimundo! —
Raimundo in Person, welcher, sobald er ihn in's
Auge gefaßt, den Pater erkannte und zu singen anhob:

Laßt uns eilen, Cameraden,
    Stechen eiligst in die See,
Denn auf dem Balcone seh' ich
    Meinen alten Lehrer stehn.

Als sie diese Worte vernahm, fielen der armen
Mutter Gabel und Messer aus den Händen und ein

lebhaftes Roth verbreitete sich über ihr rechtschaffenes Antlitz.

„Mein Sohn! Raimundo!" rief sie aus. „Ein fahrender Bettelstudent, der sich auf Landstraßen, Wegen und in Wirthshäusern umhertreibt, der ohne Blödigkeit und Scham aus Anderer Beutel lebt! So sehr hat er sich erniedrigt! So schändet er durch sein Verhalten seine Familie! So richtet er was, einmal verloren, nicht wieder zu gewinnen ist, seinen guten Ruf zu Grunde!" Die arme Mutter begann bitterlich zu weinen.

Der Pater Buendia, welcher wo möglich ein noch größeres Aergerniß nahm, als die Frau, und ein eben so mit Scham erfüllter Lehrer als sie eine mit Scham erfüllte Mutter war, fand kein Wort des Trostes im Spanischen und sprach mit Vorsicht lateinisch: Non pudet ad morem discincti vivere Nattae (er schämt sich nicht, wie der Wüstling Natta zu leben).

Frau Amparo versicherte, sie wolle in ihrem Leben diesen Sohn nicht wiedersehen, welcher ihre Familie entehre; sie werde auch von ihren Rechten als Mutter und Vormünderin Gebrauch machen und ihm das Jahrgeld entziehen, das sie ihm gab und das er in so ärgerlicher Weise verschwendete. Wie Jeder,

welcher die innigste Ueberzeugung hat, daß er nach
Vernunft und Gewissen handelt, fest in seinen Ent=
schlüssen ist, ließ die Frau weder durch den fried=
fertigen und nachgiebigen Pater Buendia, an welchen
Raimundo geschrieben hatte, um ihn zu seinen Gunsten
zu stimmen, noch durch andere Personen, welche der=
gleichen versuchten, es von sich erlangen, daß sie
ihren Vorsatz änderte. Das Ergebniß war, daß
nach zwei Monaten der verlorene Sohn, vom Hunger
getrieben, müde ward, nicht Schweine zu hüten,
sondern Enthaltsamkeit zu beobachten und die Rück=
kehr in seine Heimath unternahm.

Der Zorn einer Mutter, wie stark derselbe auch
sei, ist nur ein Sommersturm, nach welchem die
Sonne der Barmherzigkeit zum Vorschein kommt
und emsig ihre Strahlen umherstreut, nachdem der
Regen die Erde erweicht hat.

Die Erde, welche bei dieser Gelegenheit die
Strahlen der mütterlichen Barmherzigkeit empfangen
sollte, zeigte sich nicht sehr weich. Allein die gute
Mutter warf andere darüber, widmete ein letztes trau=
riges Angedenken den Scheffeln voll Weizen und
Maßen voll Oel, welche, in klingende Thaler ver=
wandelt, ihr Sohn in den Abgrund Abirons seines
nicht zu Ende geführten Vorsatzes geworfen, und

räumte diesem Sohne mittelst eines bedingten und
stellvertretenden Pardons, den die Frau dem Pater
Buendia bewilligte, der im Namen aber ohne die
Zustimmung Raimundo's Besserung gelobt hatte, den
Hauptplatz an ihrem Tische ein.

Alles trat an die alte Stelle. Raimundo's
stürmisches Leben pausirte, wie der Wind, bevor er
eine andere Richtung nimmt.

Frau Amparo sprach mit Befriedigung: „Wer
die Gelegenheit fortnimmt, nimmt auch die Sünde,
und vor einer verschlossenen Thür macht der Teufel
Kehrt."

Der Pater Buendia rief mit dem Könige David
aus: Beati quorum remissae sunt iniquitates
(Selig Diejenigen, denen ihre Sünden vergeben
worden).

Blas, dem das Entwischen Raimundo's mit
den Straßenstudenten Spaß gemacht hatte, rieth aber
doch, als er eine ansehnliche Rechnung für lackirte
Stiefel erblickte, seiner Gebieterin, den jungen Herrn
in die Toribios einzusperren.

Der Arbeiteraufseher, welcher wußte, wie schwer
es ist, den außer Ordnung Gekommenen zur Ordnung wieder zurückzuführen, murmelte: „Ein Besen
ohne Band, eine Person ohne Stand ... Jetzt

ist er still . . . Aber in Menschen seiner Art liegt es, sich auszuruhen, um wieder zu trinken."

Was die Leute im Allgemeinen betrifft, so waren sie, als sie erfuhren, Raimundo sei nach dreien, anscheinend dem Studium gewidmet gewesenen Jahren in seinen Heimathsort zurückgekehrt, der Meinung, es sei ihm gegangen wie jenem Andern, der als ein Kloß nach Madrid ging und als ein Kloß wieder heimkam.

Der weibliche Theil der Bevölkerung fand ihn von Person sehr verschönert, zierlich und unge= zwungen, und als er sich wieder in die andalusische Tracht kleidete, welche seinem Wuchs und Wesen vollkommen entsprach und gut saß, gefiel er so, daß er bald der herausfordernde Modeheld, der Graf Orset *) von Carmona war.

*) Ein Elegant par excellence, der in London die Moden angab.

Zwölftes Capitel.

Die feine Höflichkeit des vorigen Jahrhunderts haben wir durch den englischen Händedruck ersetzt, und den Ambraduft durch Cigarrengeruch.   Alexander Dumas.

Der Mensch besitzt ein Vermögen zu verehren, das mehr oder minder an seine übrigen Eigenschaften gebunden, alle erhebt.
                                    Schasser.

Raimundo hatte nach seiner Rückkehr die Rolle des Unverschämten übernommen.   Um ihn in der ganzen Entwicklung, die er in den drei Jahren seiner Emancipation gewonnen, erkennen zu lassen, werden wir die Physiologie des Unverschämten liefern, da derselbe ein heutzutage so allgemein verbreiteter Charakter ist, daß Jeder, der uns liest, glauben wird, wir hätten seinen Nachbar zur Rechten malen oder den zur Linken abzeichnen wollen.

Der Unverschämte glänzte zu allen Zeiten; allein
in der unsrigen stellt er Alles in den Schatten und
ist wie das Gas allgemein eingeführt. Er hat den
Heuchler ersetzt, denn Niemand nimmt sich mehr die
Mühe, ein solcher zu sein, seitdem das Gute und
Heilige keine Achtung mehr genießt. Diese Achtung
vor dem Guten und Heiligen erzeugte bei den Bösen
die Heuchelei, die La Rochefoucauld eine Ehre
nannte, welche das Laster der Tugend erweist.
Heutzutage hat der Cynismus das Laster von jeder
solchen Huldigung frei gemacht und ihm gesagt: „Nichts
von Kronen! — die Mütze, darin wirst du's weit be-
quemer haben. — Keine Amtstrachten noch Uni-
formen! — ein Bärenfell. Kein Gerichts- oder
Commandostab — die Peitsche und Karbatsche.
Keine zierlichen und polirten Waffen! — die Keule.
Hinweg mit den Ehrfurchtsbezeugungen, jenen mo-
ralischen Unterwürfigkeiten, welche in die Unglücks-
zeit des Obscurantismus verwiesen sind!" So
kommt es, daß der Unverschämte, welcher das Ich
erhebt und das Du geringschätzt, den Leib grade
und das Haupt aufgerichtet trägt. Ist er nicht
groß, so bildet er sich ein, es zu sein; ist er es, so
dünkt er sich ein Riese. Geht er neben einem Andern, so wählt er aus freiem Antriebe stets` die

breiten Steine. Wenn er einem Freunde, ja sogar einer Freundin begegnet, und stehen bleibt, mit ihnen zu sprechen, ist er immer derjenige, der den Anfang macht, wieder abzubrechen. Er fragt weder aus Neugierde noch um ein Interesse zu zeigen, sondern nur aus Geschmack am Prahlen, denn er wartet weder, noch hört er auf die Antwort. Wenn man sich setzt, wird er es immer zuerst thun, und zwar auf den besten Platz; geschieht es bei Tafel, so wird er immer die höchste Stelle wählen, die er unbesetzt findet, und den Vorrang vor andern Personen von höherm Alter, größerer Wissenschaft, höherm Stande, ja selbst von größerm Vermögen, der unzweifelhaftesten Ueberlegenheit in unserm positiven Zeitalter, behaupten. —

Wenn man sein Recht auf den Vorrang erörtern wollte, würde man finden, wie dasselbe darin besteht, daß er es ist und Niemanden eine Ueberlegenheit zugesteht. Der Reiche hat die seinige im Beutel, der Gelehrte in irgend einer Akademie, der Alte in Rathschlägen; allein jede erworbene Ueberlegenheit hört in dem socialen Verkehre zu bestehen auf. In diesem figurirt allein die Besonderheit, die dem Charakter und dem Ansehn der auf ursprüngliche Weise überlegenen Person oder

derjenigen zukommt, welche ſich aus eigener Machtvollkommenheit an ihre Stelle zu bringen weiß und
mit der Prätenſion auftritt: „Das gehört mir, das
geht mich an.“

Deshalb nimmt es der Unverſchämte übel,
wenn man ſich gegen ihn verfehlt, empfindet es aber
eben ſo übel, wenn Andere verlangen, daß er ſich
nicht gegen ſie vergeht.

Der Unverſchämte behandelt in's Angeſicht die
ganze Welt mit einem äußerſt plumpen sans façons,
wenn er auch Manche, weil ſie lackirte Stiefel und
neue Handſchuhe tragen, für vornehme Leute hält;
hinter ihren Rücken behandelt er alle Perſonen und
Dinge mit einer Geringſchätzung, die mehr verletzt,
als Verleumdung. Damen nennt er Weiber, Fräulein Mädchen, Frauen Tanten, eine bekannte Perſon
nur Jemand, und ſo ſchlägt er die Töne der geſell-
ſchaftlichen Scala nach einander tiefer an, indem er
vor alle ein ungeheures Erniedrigungszeichen ſetzt.
O Jugend, wann wirſt Du zu der Ueberzeugung gelangen, daß ehrerbietiges Benehmen bei Dir der
größte Beweis moraliſcher Vornehmheit, feiner Bil-
dung, guten Geſchmacks, richtigen Gefühls, Reinheit
der Seele und des Herzens, daß ſie das Siegel
intellectueller Ueberlegenheit iſt, daß ſie es iſt, welche

erhebt und liebenswürdig macht, während die Unverschämtheit ihre Jünger erniedrigt und verhaßt werden läßt!

Die Unverschämtheit ruft Repressalien hervor,
und wenn dies geschieht, macht der Unverschämte
sich lächerlich, indem man seine Unschicklichkeiten zur
Zielscheibe des Spaßes macht; dies zwingt nachher
den Bären, welcher vorher angegriffen hatte, zum
Tanzen. Feine Leute meiden diesen Tanz, wie sie
vorher dem Angriffe aus dem Wege gingen.

Der Unverschämte hält einen Vorrath von gro-
ben Insolenzen bereit, die er Apropos und Späße
nennt, und von denen er gern sähe, wenn man sie
wiederholte, hervorhöbe und im Gedächtnisse behielte,
wie man die Witzworte eines Generals Castaños
und eines Talleyrand feiert und vernimmt.

Ein Unverschämter hat zu seinem Privatgebrauche
einige Anfalls- und Angriffswaffen, welche ihm
seine Kühnheit verschafft, wie bei den englischen
Borereien die Kämpfer die Stärke ihrer Fäuste gegen
einander abmessen. Der Gebrauch dieser Waffen ist
für einen wahrhaft feinen und gebildeten Menschen
zu seiner Vertheidigung, wenn er sich damit angegriffen sieht, eben so unmöglich, als es dem Her-
melin schwer sein würde, sich die Stacheln eines

Stachelschweins anzulegen. Dieselben bestehen aus Folgendem:

Ein Koso, welches wie eine Schlange zischt.

Ein Gelächter, das wie ein Hagelwetter gegen das Ohr schlägt. Ein Unbekümmertsein, ein Unterbrechen und Widersprechen, die wehe thun, dörren und plagen wie der Samum.

Ein Was? das er auch dem Klügsten in's Antlitz schleudert, wie ein Diplom von Juan Lanas.

Der Unverschämte hält sich überzeugt, daß die überwiegende Triebfeder der Menschen Feindseligkeit ist. Die Selbstgenügsamkeit und die Epoche, welche sie gemacht haben, gibt den Unverschämten Recht, indem heutzutage Worte, nicht Handlungen es sind, welche den Menschen erheben. Sie stürzen mittelst der Unverschämtheit nieder, werden aber, wenn die Reihe an sie kommt, durch dieselbe wieder gestürzt.

Wenn es die Gesetze der Höflichkeit und feinen Sitte im geselligen Verkehr vorschreiben, die Andern zu erheben, sich selber aber zu erniedrigen, so ist es klar, daß Beides, Höflichkeit wie feine Sitte, für den Unverschämten unbekannte Dinge sind; denn sein Streben geht dahin, sich selbst zu erheben, sich eine erlogene Wichtigkeit beizulegen, die Andern aber

herabzusetzen. So kommt es denn, daß er, während
er sich erhaben vorkommt wie ein Fürst, grob ist
wie ein Bauer.

Für den Unverschämten, wovon Raimundo ein
Muster war, gibt es keine Ehrfurcht vor irgend einer
Classe, keine Rücksicht vor irgend einem Geschlecht;
er kennt für senen Alles umfassenden Willen Hin=
dernisse von keinerlei Art. Indem er der philoso=
phischen Unverschämtheit göttliche Ehren zuerkannte,
hat der Individualismus alle bösen Bestrebungen
geneigt und dienstwillig gefunden, seinen argen anti=
katholischen, kühnen und rebellischen Geist zu ver=
breiten und Allen zugänglich zu machen.

Raimundo fand seine Base zu ihrem Vortheile
verändert; der Gallert hatte Festigkeit gewonnen.
Sie war stärker geworden, und wendete auf Haar=
tracht und Kleidung etwas mehr Sorgfalt. Ohne
daß sie ihm grade gefiel, hatte sie doch aufgehört,
ihm zu mißfallen, wie es sonst der Fall gewesen
war. Das neunzehnjährige Alter hatte dem fünf=
zehnjährigen den Preis abgewonnen, das den Dich=
tern sonst so theuer ist, das aber in Wahrheit gleich=
wohl noch einen Fuß in der Lebensperiode hat,
welche der Prosaismus grade recht unpoetisch das
Backfischalter nennt.

Ein liederlicher und gesetzter Mensch sind, so viel wir wissen, nicht unvereinbar. In unserm Zeitalter der Associationen jeder Art sieht man in dieser Beziehung die befremdendsten Dinge. Unter diesen neuen Verbindungen — welche sich in dem Maße bilden, als andre schöne und heilige sich auflösen — erblickt man auch diejenige der Eitelkeit und Sparsamkeit, die des liederlichen mit dem gesetzten Menschen. Getrennt waren diese Gegenstände erträglich, weil sie, wo nicht die Fehler ihrer Eigenschaften, wenigstens die Eigenschaften ihrer Fehler hatten. — Der Eitle war freigebig, der Sparsame einfach und bescheiden; der Liederliche hing an nichts, der gesetzte Mann sann auf Vernunft und Ordnung. — Heutzutage haben sie sich, wie es nun einmal mit den Argen der Fall ist, zusammengethan, um sich gegenseitig vollends zu Grunde zu richten.

So gerieth denn auch Raimundo auf den Gedanken, es möchte ihm nützlich sein, seine Base zu heirathen, deren Vermögen unter den Händen der Frau Amparo, des Arbeiteraufsehers und Blas Sampayos sich in demselben Verhältnisse verbessert hatte, als seine Eignerin. Freilich stand ihm hierbei sein Bruder Maurico im Wege. Allein was für ein Hinderniß war dieses für einen Menschen ohne

Gewissen und ohne Familienliebe und Familien-
ehrfurcht?

Es ist leicht zu denken, wie der hübsche und
zierliche Raimundo mit geringem Aufwande den
unansehnlichen, kränklichen Mauricio in der Neigung seiner Base bei Seite schob, die, wenn sie
auch weder Leidenschaften noch Sinnlichkeit, doch
Augen und Eigenliebe besaß, Dinge, welche auch den
gallertartigen Wesen nicht fehlen.

Diese ganze Intrigue ward schnell und heimlich
abgesponnen. Wir wollen den Leser mit ihrer un-
interessanten Entwicklung verschonen, bei welcher
Trinidad dem Eindrucke folgte, den Raimundo mit
mehr Herrschsucht, als Zärtlichkeit, auf sie ausübte.

Als man die nöthigen Vorbereitungen zu treffen
sich anschickte, um in Rom die Dispensation dazu,
daß sie und Mauricio sich ehelichen dürften, nach-
zusuchen, und sich in Frau Amparo's Zimmer der
Pfarrer, der Amtsschreiber und die Familie zu diesem
Zwecke zusammenfanden, trat plötzlich Raimundo
ein und sprach mit der größten Ruhe, er erscheine
hier lediglich in der Absicht, ihnen bemerklich zu
machen, wie in dem Gesuchsschreiben statt des Na-
mens Mauricio der Name Raimundo geschrieben
werden müsse.

Gewaltig war die Wirkung dieses Theater-
streichs, den Raimundo sich ausgesonnen hatte, um
seine Base öffentlich zu compromittiren. Er hatte
mit seinem durchbringenden Verstande ausgerechnet,
daß, wenn die Angelegenheit in der Familie erörtert
würde, ehe die Entschließung bekannt werde, seine
Mutter und sein Bruder hinreichende Ueberredungs-
gabe haben würden, um Trinidad zu überzeugen,
daß das, was sie thue, eine Niederträchtigkeit, eine
Inconsequenz, ein nicht zu rechtfertigender Eigensinn,
ein schlimmer und grausamer Entschluß sei, wozu
Mauricio keinen Anlaß gegeben, und den er nicht
verdient habe, und daß diese vernünftigen Gründe
genugsamen Einfluß und Gewalt über den unbe-
ständigen und weichen Charakter Trinidad's gewinnen
würden, um sie von ihrem neuen Vorsatze abwendig
zu machen.

Als er die entscheidende Erklärung Raimundo's
vernommen, hatte der Schreiber innegehalten. Der
Pfarrer war erstaunt, der Pater Buendia erschreckt,
und Frau Amparo würde wie von einem Blitzstrahle
getroffen stumm und versteinert geblieben sein, wenn
nicht in dem nämlichen Augenblicke sich plötzlich das
Blut in Mauricio's Herzen angehäuft hätte, und
dieser von einem fürchterlichen Blutsturze befallen

wäre, welcher durch das Springen einer unbekannten Pulsadergeschwulst herbeigeführt war.

Trinidad hatte sich erschreckt und unruhig entfernt, als sie die Wirkung eines Schrittes sah, den ihr Raimundo als so einfach geschildert, und welcher der armen Beschränkten selber so erschienen war. So kam es denn, daß, als Raimundo heiter und leiblos sich aufmachte, Trinidad zu suchen, er dieselbe weinend fand.

Die erste und liebenswürdige Regung, die er empfand, als er sie weinen sah, war eine Beunruhigung. Aber er unterdrückte dieselbe und machte Trinidad aufmerksam darauf, wie übel wiederhergestellt sein Bruder sei, bei welchem die erste Widerwärtigkeit einen Blutsturz zur Folge habe, und wie sie eine Thorheit begangen und sich selber hingeopfert haben würde, wenn sie sich mit einem solchen Siechling verehlicht hätte.

„Aber er ist so gut!“ sagte Trinidad, in welcher die Gewissensbisse das Mitleid wach riefen.

„Wenn wir krank sind,“ erwiederte Raimundo, „sind wir Alle gut. Meine Mutter liebt den Mauricio mehr, als Dich und als mich. Darum will sie uns Beide ihm opfern, denn der mütterliche Egoismus ist tausendmal unbändiger als der persönliche. Wenn meine Mutter so gern Heirathen stiftet, mag sie doch ihren Benjamin mit der Bitterquelle von Chiclana vermählen, welche allein ihm Gesundheit geben kann."

Mauricio, — von jeher eins jener ruhigen Wesen, deren Gemüthsart man mit sanften, schläfrigen Wassern vergleicht — war mit allen Reizmitteln, welche eine träge Natur aufrütteln können, schmerzlich aufgeweckt. Seine gelassene Liebe erhob sich zu einer gewaltigen und erbitterten, als er sich verrätherisch diejenige entreißen sah, welche er liebte, in welche er alle seine Hoffnungen zusammendrängte. Denn für Mauricio war in der Welt weiter kein Weib vorhanden, als Trinidad. Der Unwille über den erlittenen Betrug, die Macht der Eifersucht, die Aufregung, in welcher ihn das Unvermögen, sein Unglück zu verhindern oder den Verrath zu bestrafen, erhielt, versetzten den Kranken in einen eben so sehr Besorgniß erregenden als schrecklichen Zustand.

Daß weder Anstrengungen noch heftige Bewegungen sein Blut in Wallung bringen durften, war die erste und nachdrückliche Vorschrift der Aerzte gewesen. Allein wie konnte man ihm nun die Ruhe und moralische Gelassenheit verschaffen, welche sein Zustand erforderte?

Frau Amparo verlor in den außerordentlichen und schmerzlichen Umständen, worin sie sich befand, den Kopf. Ihr einfacher, gesunder Verstand, welcher sich bis dahin als ein so guter Steuermann im täglichen Kreise ihres Wirkens erwiesen, vermochte nicht, dieselben zu bewältigen.

Da den Kranken Alles erregte, verboten die Aerzte, daß irgend Jemand anders, als seine Mutter und der Pater Buendia zu ihm eintreten und ihn besuchen dürfe. Allein ungeachtet dieser und anderer Vorsichtsmaßregeln starb nach wenigen Tagen der Unglückliche in den Armen seiner Mutter. Sein schwaches Leben erstickte in dem Blute, das in Strudeln sich in sein Herz ergoß.

Nach sechs Monaten wohnte Frau Amparo, während ihre Person und ihr Herz noch Trauer trugen, der Verheirathung ihres Sohnes Raimundo und ihrer Nichte bei. Die gute Mutter wollte die Andern und sich selber überreden, daß sie zufrieden sei. Allein sie erreichte dies nicht. Das Leichentuch, welches den Leib ihres verstorbenen und unglücklichen Sohnes umhüllte, hatte auch eine immerwährende Hülle über ihr Leben geworfen. Vergebens bemühte sie sich, in ihrem Geiste das Blut und die Schuld von einander zu sondern. Vor ihrem innern Ge-

richte sah sie dieselben stets vereinigt und klagte
Alle an: Trinidad, die Aerzte, sich selber, um Rai-
mundo's Haupt von einem Theile der Verantwort-
lichkeit zu erleichtern, welche auf demselben lastete.
Die Liebe der Mutter ist einmal eine erhabene
Sophistin. Daher sagt denn auch das Volk, dieser
rechte und gerechte Schätzer der Liebe: Gegen
Mutterliebe ist jede andere nur Wind.

Dreizehntes Capitel.

In ihr war eine solche Harmonie, daß
sie erschien wie eine stumme Musik.
Longfellow.
So keusch, so nett, und so holdselig schön,
Daß selbst die Luft in sie verliebt zu sehn.
Albana.

Frau Amparo hatte auf einmal die moralische
Energie und die physische Stärke verloren, welche ihr
ein spätes, gesundes und thätiges Alter versprachen.
Sie war in kurzer Zeit stärker gealtert und verfallen,
als sie es in zwanzig glücklichen Jahren geworden
sein würde. Von diesem Verfalle und andern
Gründen bewogen, hatte sie ihre Hand von Allem,
sowohl in der Leitung der Landwirthschaft als der
Verwaltung des Hauswesens abgezogen. Und wenn
ihr noch Etwas in diesem Leben ein Lächeln abge-
wann, so war's ein Enkelchen, das nach einem
Jahre erschien, wie die Engel in die Häuser kommen,

um die Bande der Familie enger zu ziehen, indem
sie Liebe, Einigkeit, Hoffnung und alle süßen Empfindungen mit sich bringen. Als man daran
dachte, dem Kindchen Kleider anzulegen, hielten die
Frauen es für nöthig, daß eine geschickte Arbeiterin
käme und dieselben kunstvoll und mit einer gewissen
Pracht anfertigte. Aus diesem Grunde war Gracia
Flores herbeigerufen, welche die ausgezeichnetste
Stickerin und Näherin im Orte war.

Von ihrer Großmutter herbeigeführt kam dieselbe, und machte sich mit eben so vieler Geschicklichkeit als Emsigkeit an ihr Geschäft.

Mit allen Zurüstungen und Erfordernissen ihrer
Näharbeiten war sie in einen der abgeschlossenen
Corridore gewiesen, an dessen Ende sich die Thür
zum Speisezimmer befand.

Eines Tags, als sie wie immer schweigend und
ohne den Kopf aufzurichten auf ihrem niedrigen
Sitze saß, gab Raimundo, nachdem die Herrschaft
ihre Mahlzeit vollendet, einem armen Haushunde,
welcher sich im Corridor niedergelegt hatte, ohne
Grund und Anlaß einen solchen Fußtritt, daß das
Thier in das kläglichste Gewinsel ausbrach.

Als Gracia das Geheul vernahm, erhob sie

mitleidig das Haupt, und ihren Lippen entfuhr un-
freiwillig ein Ausruf des Bedauerns.

Raimundo wendete sein Gesicht, erblickte sie
und war überrascht. Gracia war höchst einfach in
ein lila Gewand von Baumwolle gekleidet. Sie
trug ein carrirtes Halstuch von braunem Grunde
aus indischer Seide; ihr herrliches Haar war schön
geglättet und einfach zusammengefaßt. Eine so
vollendete und ernste Schönheit war ihr eigen, daß
ihr Anblick eine tiefe und anhaltende Bewunderung
hervorrief.

So kam es, daß Raimundo eine Weile schwieg,
dann aber rief er plötzlich und lächelte bei dieser
Erinnerung: „Der Stern von Andalusien!"

Gracia senkte ihren Kopf wieder mit demselben
strengen Ernste, womit sie denselben erhoben, und
fuhr in ihrem Nähen fort, ohne daß ihre Lippen
weder zu einem Worte, noch zum Lächeln sich ver-
zogen.

„Du bist, ja Du bist," fuhr Raimundo, indem
er ihr näher trat, fort, „diejenige, die um die Blumen, die ich Dir spielend zerschlug, weinte. Wie
schön bist Du geworden! Wenn Du jetzt stürbest,
würden alle Blumen um Dich weinen."

Gracia hob weder ihren Kopf, noch ertheilte
sie eine Antwort.

„Sieh mich an, Gracia," sprach Raimundo,
„ich erinnere mich jetzt, daß Du Gracia heißt, obwohl Du gegen mich nicht graciös bist. Und weshalb? Bist Du noch unwillig auf mich? Weshalb
antwortest Du nicht?"

Gracia saß wie auf glühenden Kohlen. Aller
Widerwille, den der verwegene und unverschämte
Bursche ihrem sanften und zarten Wesen eingeflößt
hatte, als sie ein Kind war, stieg noch stärker und
beängstigender unter dem kühnen Blicke des nun-
mehrigen Mannes empor. Zarte und keusche weibliche Wesen haben instinktmäßige Antipathien gegen
gewisse Männer, welche sie schon durch ihren bloßen
Blick entweihen. Erhabene Naturen werden in der
Nähe von niedrigen verlegen, weil sie bezüglich ihrer
ein Ahnungsvermögen haben.

„Du läßt mich lange auf Deine Antwort
warten," fügte Raimundo hinzu, als er sah, daß
Gracia nicht antwortete. „Soll das sein, um mich
zurückzuhalten?"

„Ich bin nicht gewohnt, mit jungen Herren
Unterhaltungen zu pflegen," antwortete die bedrängte

Gracia. „Euer Gnaden wollen mich daher entschuldigen, wenn ich Ihnen nicht antworte."

„Wenn man so schön ist, wie Du es bist," antwortete Raimundo, „hat man die Schlüssel zum Heiligthum; daher fühle ich mich auch nicht beleidigt, obgleich man das, was Du mir gibst, einen Schlag auf den Mund nennt. Wenn Du aber nicht darauf ausgehst, eine Klosterfrau zu werden, so erweise mir den Gefallen und erhebe Dein Gesicht; denn ich verspreche, Dir mit den Augen kein Leides zu thun."

Gracia antwortete nicht und erhob auch den Kopf nicht.

„Schau, Du gehst zu weit in Deinem abschließenden Wesen und wirst zu einer Spröden. Hat Gott Dir Schönheit gegeben, damit Du Dich derselben schämen sollst? Wohlan, hebe Dein Antlitz auf, damit ich es sehe; fürchte Dich nicht vor meinem Blicke; ich bin kein Basilisk."

„Sie quälen mich zu Tode, Herr," antwortete, von Raimundo's Drängen ermüdet, Gracia.

In diesem Augenblicke ließ sich der Frau Amparo Stimme vernehmen.

„Ich quäle Dich todt!" sagte aufgebracht und unbesonnen Raimundo. „Und ich fange sogleich damit
11 *

an," fügte er mit jener Beimischung von Grausam-
keit hinzu, die er in Alles legte, was er that und
sprach.

Und so geschah es, denn von diesem Tage an
fuhr Raimundo anfänglich mit der zähen Eigen-
willigkeit eines Unbändigen, und sodann mit der
ganzen Leidenschaft eines energischen und gewalt-
thätigen Charakters fort, Gracia zu verfolgen.
Seine Liebe wurde durch die unüberwindlichen Hin-
dernisse selber, welche er in der ernsthaften und entschiedenen Zurückweisung Gracia's fand, nur ge-
steigert.

Obwohl die arme Waise sorgfältig die Gelegenheiten mied, mit ihrem Verfolger allein zusammen
zu sein, so war es doch nicht immer möglich, demselben aus dem Wege zu gehn.

„Gracia," sprach er eines Tages zu ihr,
„warum verschmähst Du mich so entschieden?"

„Herr," antwortete sie, „was ich entschieden
thue, ist, mich zu bemühen, ehrbar zu sein, und
weder Worte zu veranlassen noch anzuhören, welche
bei einem ledigen Manne überdreist sein würden,
bei einem verheiratheten aber verbrecherisch sind."

„Weil ich verheirathet bin, magst Du mich
nicht?"

„Wenn Sie auch lebig wären, würde ich Sie nicht mögen." —

„Aber warum denn? wenn man es wissen darf," fragte gereizt Raimundo.

„Um des Himmelswillen, Herr! Was für eine Art, mich zu zwingen, ist das? Hat nicht etwa der Arme einen eben so freien Willen als der Reiche? Ist der Wille eine Verpflichtung? Lassen Sie mich . . . Um Gottes willen . . . lassen Sie mich!"

„Ich kann nicht, Gracia, ich kann nicht. Ich will, daß Du mich liebst, wie ich Dich liebe. Verlaß Dich darauf, daß, wenn ich liebe, ich auch zu erlangen weiß. Für Raimundo Trillo gibt es nichts Unmögliches."

„Das Meer ist wild, Herr, aber der demüthige Sand hält dasselbe auf," erwiederte mit einer bescheidenen Festigkeit Gracia.

„Du wirst die meinige sein," erwiederte Raimundo mit Nachdruck.

„Eher todt!" antwortete Gracia.

„Und nie eines Andern, ich schwöre es," fügte mit Hochmuth Raimundo hinzu.

„Herr," antwortete Gracia, deren Stimme vor Unwillen zitterte, „Gott setzte das Unvermögen des Menschen dessen Ausschreitungen als einen Damm

entgegen. — Ich werde nicht wieder in dieses Haus
zurückkehren, in dem ein armes, ehrbares Mädchen
beleidigt und bedroht wird, nicht weil man dasselbe
liebt, sondern weil man es geringschätzt. Denn die
Sprache, welche Sie führen, ist nicht diejenige der
Liebe, sondern die der Verachtung."

„Du erblickst Verachtung, wo Liebe ist, weil
Du dieselbe nicht zu fühlen weißt," entgegnete Raimundo. „Gracia, erwiedere meine Neigung und
ich schwöre und betheure Dir, nie eine Andre außer
Dir zu lieben. Meine dumme Frau kann Dich
nicht hindern. Aber wenn sie es thäte . . ."

„Herr, wer in diesem Hause ein Hinderniß
abgibt, bin ich," sprach Gracia, indem sie sich erhob; hier bin ich der Stein des Anstoßes, und ehe
dieser Anstoß sich vermehrt oder um sich greift, muß
ich denselben mit der Wurzel beseitigen."

Gracia gab den beiden Frauen als Vorwand,
daß sie aufhören müsse zu kommen, an, daß die kör-
perlichen Leiden ihrer Großmutter dieselbe verhin-
derten, sie zu bringen und zu holen, und sie kam
nicht wieder.

Wie man aus den Proben, die wir gegeben,
abnehmen kann, war Raimundo fürwahr kein zarter
Liebhaber, denn das Zarte erlischt selbst in der

Liebe, die ihrem Wesen nach dessen letztes Heiligthum sein sollte. Allein für die Unverschämtheit
gibt es keine Heiligthümer. Ein französischer Schrift-
steller, Edmond About, spricht, indem er von seinem
Vaterlande redet, von welchem Masegosa so treffend
gesagt hat, es diene allen Leidenschaften der Empö-
rung zum Vorbilde: Der ritterliche Bauer ist ein
lächerlicher Charakter anderer Zeiten; statt desselben
haben wir in der unsrigen den des bäurischen Rit-
ters. In Spanien haben wir jetzt den Vortheil,
beide Charaktere auf einmal zu besitzen. Unser Zeitalter ist nicht unfruchtbar; nein, es ist in Allem
höchst fruchtbar! An Werken, an Gedanken, und
vor allen Dingen ... an Worten!

Vierzehntes Capitel.

Die Liebe macht thöricht mich für Dich
und Dich für Andere.

Es war Mitternacht. Alles zeigte sich schweigend und regungslos, als ob gleichzeitig Geräusch und Bewegung zu bestehen aufgehört hätten. Der Vollmond schaute senkrecht und so trübselig auf die Erde herab, wie ein sanfter und einsamer Waldbruder ein Schlachtfeld nach einem Kampfe betrachtet haben würde.

Gracia stand an ihrem Gitter und wartete mit einiger Unruhe auf Alonso, welcher lange ausblieb. Auch als derselbe nach kurzer Zeit gekommen war, zerstreute sich ihre Unruhe nicht, sondern wechselte nur ihren Anlaß: sie fand ihn ganz wider seine Gewohnheit traurig und von etwas eingenommen.

„Was hast Du, Alonso?" fragte sie ihn mit ihrer sanften Stimme.

„Nichts," antwortete der Gefragte.

„Du hintergehst und betrübst mich."

„Weshalb betrübe ich Dich?"

„Weil Du mir einen Glauben nimmst. Jeder Glauben, den man verliert, ist eine Blume des Herzens, welche verwelkt," antwortete Gracia mit ihrem poetischen Gefühle und in ihrer gebildeten Sprache. Es gibt bevorzugte Wesen, denen gebildetes Denken instinktartig ist und sie finden den Ausbruck dafür durch Intuition.

„Und was für ein Glaube war es, den Du hattest und welchen ich Dir nehme?" fragte Alonso, welcher alles das Gute, Edle und Zarte zusammen war, was er leisten konnte, ohne aus seinem einfachen und ländlichen Kreise hinauszutreten.

„Der Glaube, den ich hatte, bestand darin, daß zwischen Dir und mir ein Trug unmöglich sei."

„Nun, wenn Du willst, daß ich Dir die reine Wahrheit sage," antwortete Alonso, „so fühle ich seit Tagen schon, wie mein Herz Schläge thut, die mich völlig betäuben. Du mußt auch wissen, daß die Großmutter zu mir gesagt hat, die Schläge des Herzens seien Mahnungen."

„Und was glaubst Du, daß sie Dir verkündigen könnten?" fragte sie.

„Sieh, Gracia; seitdem hat sich der Gedanke in mir festgesetzt, daß, weil Du viel besser bist als ich, ich Dich nicht verdiene, und daß es nicht dazu kommen wird, daß Du meine Frau wirst."

„Daß ich besser bin als Du?" rief Gracia betonend und offenherzig. „Wer? Wer? sage mir, ist besser als Du?"

„Gracia, es ist mir nicht verborgen, daß mein Aeußeres häßlich ist."

„Alonso, die Männer schätzt und liebt man nicht nach dem Wuchse. Uebrigens macht Dich meines Vaters Segen in meinen Augen größer, als irgend einen Mann."

„Du, Gracia, bist dafür," fuhr Alonso fort, „das beste Mädchen in Carmona."

„Schweig, Alonso; überlaß das Schmeicheln Denen, welche keine Liebe haben."

„Es ist keine Schmeichelei, es ist die reine Wahrheit. Heute sagten sie es in der Werkstatt Alle, und Antonio Perez, der Obergeselle, erzählte, daß die jungen Herren dasselbe meinen und daß Herr Raimund (er sollte heißen Raubmund) Trillo Dir den Namen: der Stern von . . . was weiß ich's, was für einen Stern gegeben. Es ist der Stern, welcher im Wappen der Stadt, in dem Wappen,

welches ihre ältesten Bewohner der Stadt gaben,
abgebildet ist. Sie sprachen auch noch andere Dinge;
nachdem ich aber das vom Sterne gehört, habe ich
das Uebrige nicht beachtet."

„Alonso," sprach Gracia, indem sie die grau-
same Pein verheimlichte, welche ihr die Worte, die
sie vernahm, verursachten, wer bekümmert sich um
Späße und das leere Gerede müßiger junger Herren,
welche, wenn sie nichts zu denken haben, sich mit
gehaltlosen Worten vergnügen und die Zeit ver-
treiben?"

„Wer sich bekümmert?" rief der rechtschaffene
Alonso aus. „Zum Henker! Ich möchte ja nicht
einmal, daß solche Herrchen auf diejenige, welche
meine Frau werden soll, die Blicke richteten, noch
weniger aber sie weder im Gutem noch im Bösem in
den Mund nähmen. Weniger, als Alle aber dieser
Herr Raimundo, der ärger ist als alle Barrabasse,
die ihre Schuld im Kerker büßen. Seit er studirt
hat, ist er ein Anhänger des Teufels geworden."

„Alonso, weißt Du nicht, daß er eine Frau hat?"

„Freilich; aber er ist ein eben so guter Ehe-
mann, als er ein guter Bruder war."

„Verleumde nicht, Alonso."

„Ich verleumde nicht. Ich spreche die reine

Wahrheit. Wer nichts Böses thut, braucht sie nicht
zu fürchten. Wer das Böse verheimlicht oder ent-
schuldigt, dient nicht der Liebe, sondern der Sünde;
der reinen Wahrheit thut Gott keinen Eintrag, weil
er nicht will, und auch der Teufel nicht, weil er nicht
kann. Wer's Cain nachthat, kann's auch David
nachthun. Ich will nicht, daß Du wieder zum
Nähen hingehst. Wollte Gott, Du wärest nie hin-
gegangen!"

„Schon seit Tagen gehe ich nicht hin und
nehme mir die Näharbeit in's Haus."

„Es geschah wohl, weil sich der Sittenlose in
Dich verliebt hat?"

„Es geschah, weil meine Großmutter leidend
ward und mich nicht hinbringen und abholen konnte."

„Wohlgethan, Gracia! Geh' auch nicht mehr
aus Deinem Hause. Denn im Hause bleiben, ist
ehrbar. Du weißt doch wohl, wie es immer ge-
heißen hat:

> Siehst am Himmel nicht Laternen,
> Er ist angefüllt mit Sternen.
> O wie wohl gefällt, Ihr Herrn,
> Ehrbarkeit uns an den Mädchen
> Und Vernunft uns an den Männern!"

„Du siehst also, Alonso," erwiederte Gracia, „daß, wenn der Vers die Mädchen Ehrbarkeit lehrt, er die Männer auf die Vernunft hinweist. Es heißt aber derselben ermangeln, wenn Du Dich durch Laffengeschwätze beunruhigen läßt."

„Das ist noch nicht Alles, Gracia. Um mir einen Haspel in den Kopf und einen Wurm in's Herz zu bringen ... so kommt mir's vor, als wenn Du weder Freude noch Befriedigung empfändest. Ich sehe Dich häufig weinen."

„Immer, wenn wir von meinem Vater reden!"

„Niemals sehe ich Dich lachen!"

„Es ist wahr, ich lache selten. Alonso, wir haben, um zu weinen, zwei Augen, aber nur einen Mund, um zu lachen. So wie wir auch nur ein einziges Herz haben, um zu lieben, in welchem auch nur eine einzige Liebe Platz hat."

„Liebst Du mich aufrichtig?" fragte Alonso bewegt.

„Alles, was ich thue, geschieht in Aufrichtigkeit. Unterbliebe es nicht, weil ich Dich liebe, Alonso, so würde ich in ein Kloster gehen; denn dort ist man auf Erden dem Himmel am nächsten."

„Wahrhaftig? Und wenn ich stürbe, würdest Du Klosterjungfrau werden?"

„So gewiß wie es ist, daß Du der einzige Mann bist, den ich liebte!"

„Gracia," sprach Alonso aus vollem Herzen, „ich weiß wohl, wie man sagt, ich verdiene Dich nicht. Aber, so wahr ein Gott ist, Jene verdienen Dich noch weniger. Gracia, laß uns bald hei= rathen, denn es bedünkt mich, daß, so lange Du ledig bist, Du nicht aus dem Munde jener Ecken= steher kommen wirst."

„Es ist ja aber dazu noch nichts vorbereitet, Alonso."

„Was thut's? Was bedarf es der Vorberei= tungen dazu, daß ich bei meiner Tagelohnsarbeit in dieses Haus der Waisen und Hilflosen einziehe und daß man wisse, Ihr seid's nicht mehr? Rede mit Deiner Mutter Juana, und Du wirst sehen, sie sagt dasselbe wie ich. Morgen im Tage werde ich anfangen, die Papiere herbeizuschaffen und die Sache in Gang zu bringen."

So geschah es denn auch, und am nächsten Sonntag erfolgte das erste Aufgebot.

Raimundo erfuhr's. Niemals noch hat die Vereinigung so verschiedenartiger und gewaltiger Leidenschaften eine so verzweifelte Wuth hervorzu= bringen vermocht, als sich seiner bemächtigte. Um=

sonst suchte er Gelegenheit, ihr Luft zu machen.
Vergeblich war sein Wollen, ein Mittel aufzufinden,
diese Verheirathung zu verhindern, die ihn ganz
sinnlos machte und die, wie er sich schwor und
Gracien geschworen hatte, nie eine Wirklichkeit werden sollte. Alonso setzte ehrsam seine immerwährende
Arbeit fort, Gracia hielt sich an ihrem reinen und
strengen Herd eingesperrt. Vergebens umkreiste er
dieses keusche Nest demüthiger Tauben. Niemanden
bekam er zu sehen; vor Niemandem konnte er sich
hören lassen.

So verlief die Woche.

Am folgenden Sonntage, wo das zweite Aufgebot verlesen werden sollte, erhob sich Raimundo
vor Tagesanbruch, hüllte sich in seinen Mantel und
stellte sich an der Ecke der Straße, in welcher Gracia
wohnte, auf die Lauer.

Was er vorausgesehen, begab sich. Nach kurzer
Zeit gingen Gracia und ihre Schwestern zum Hause
hinaus, um die erste Messe zu hören. Zum Unglück
war die arme Alte an diesem Tage unwohl und be-
gleitete ihre Enkelinnen nicht. Raimundo ging ihnen
entgegen; überrascht trat Gracia zurück.

„Ein Wort, Gracia," sprach Raimundo mit

gelassener Stimme. „Ein Wort, Gracia. Es betrifft einen Auftrag meiner Frau."

Die beiden jüngern Schwestern, welche nicht wußten, was Geheimes zwischen Raimundo und Gracia vorgefallen war, gingen arglos weiter.

„Du heirathest?" sprach Jener, als er sich an ihrer Seite befand, in ruhigen, aber tiefen und gepreßten Worten.

Gracia antwortete mit einem hellen, bescheidenen, aber entschiedenen: „Ja!"

„Du wirst nicht heirathen!" antwortete, vor Zorn bebend, Raimundo.

„Warum?"

„Weil ich es verhindern werde!"

„Gott allein kann es verhindern," entgegnete unwillig, aber immer noch gelassen, Gracia.

„Und ich, sage ich Dir."

„Wer gibt Ihnen dieses Recht und wie werden Sie die Mittel dazu finden?"

„Das Recht nehme ich mir; das Mittel wird sein, mit der Zeit und für immer dem die Lippen zu verschließen, der sich unterstehen wird, auf die Frage: Ob er Dich zur Gattin nehme, Ja! zu antworten."

Gracia trat entsetzt zurück, und niemals hat ein

Bild so wie sie die Jungfrau der Betrübniß dargestellt.

Gewiß ist es, daß Raimundo's Antlitz Schrecken einflößte. Der Zorn, den man weder seiner Stimme anmerkte, da er ruhig sprach, noch seinen Geberden, da er unbeweglich stand, machte sich in seinen Augen, welche, von dunkeln Ringen umgeben, brannten, so wie in seinem Gesichte bemerklich, das jene Leichenbläße zu führen schien, welche zuweilen Wuth und Schrecken in ihren Paroxismen dem Tode gewaltsam entziehen.

„Drohungen! . . ." rief mit matter Stimme Gracia.

„Ich werde es vollenden, wenn ich auch meine Seele dadurch verlieren sollte. Du mit einem Andern vereinigt! Bei meinem Leben darf das nicht geschehen! Du verachtest meine Liebe und glaubst Dich dadurch frei von mir! . . . Höre nun, daß Du es nicht bist . . ."

„Herr, um Gotteswillen! Warum bin ich nicht frei?"

„Weil man nicht eine solche Leidenschaft, als ich für Dich empfinde, einflößen und dieselbe unerhört lassen darf."

Als Gracia's Schwestern bemerkten, daß diese

aufgehalten ward, kehrten sie zurück und vereinigten sich in diesem Augenblicke wieder mit ihr. Raimundo aber entfernte sich.

Die Wirkung, welche dieser Auftritt auf Gracia hervorbrachte, war schrecklich. Allein in der darauffolgenden Woche erlosch deren Eindruck allmälig. Beim hellen Lichte der Vernunft besehen, schien ihr Raimundo's Drohung die prahlerische und leere Aeußerung eines Verliebten, welche nur ausgesprochen war, um zu sehen, ob dieselbe sie vom Heirathen abhielte, die aber weder auf einem Vorsatze beruhen, noch weniger aber ausgeführt werden konnte. So beschuldigte sie sich denn endlich selbst der Leichtgläubigkeit und des Kleinmuthes, und daß sie vielleicht diesen Drohungen mehr Wichtigkeit beigelegt, als derjenige, der sie ausgesprochen, hineingelegt haben möchte.

Am folgenden Sonntage begab sich Gracia mit ihrer Großmutter zu einer Zeit in die Messe, wo die Straßen häufig besucht waren. An diesem Tage ward das dritte Aufgebot verkündigt.

Da erst die bestimmten vierundzwanzig Stunden abgelaufen sein mußten, welche zwischen demselben und der Trauung verfließen sollen, so ward deren Feier auf Montag Abend festgesetzt. Am Abend des Sonntags kam Alonso wie immer an das Gitter.

„Wie langsam naht sich der Hochzeitstag!" sprach er zu Gracia. Die Zeit zeigt sich in ihrem Gange dahin wie eine Schnecke."

„Treibe die Zeit nicht an, Alonso," antwortete sie. „Wer kann wissen, was sie mit sich bringt?"

„Sie bringt unsere Hochzeit. Aber Du zeigst ein solches Zögern, daß es scheint, als wünschtest Du sie nicht."

„Ich fürchte, zu wünschen, Alonso! ... denn Wünsche erschrecken zuweilen die Dinge, welche ruhig und ohne laute Anmeldung daher kommen wollen."

„Das macht, weil Du nicht vergnügt bist, Gracia."

„Nein, aber ich bin zufrieden ... und das ist besser."

„Und warum?"

„Weil das Vergnügen Schwingen, die Zufriedenheit aber einen Sitz hat."

„Du hast große Einsicht, Gracia! Aber ich muß, obwohl ich weit weniger die Kunst besitze, mich verständlich zu machen, Dir doch sagen, daß die Zufriedenheit, wenn sie reichlich vorhanden ist... sich in Vergnügen verwandelt."

Alonso ging und Gracia zog sich in ihr Schlaf=
gemach zurück. Sie fand ihre Großmutter noch auf
den Beinen und mit einigen Vorbereitungen zur
Hochzeit beschäftigt.

„Tochter, lege Dich schlafen," sprach die Alte,
„denn Du mußt früh aufstehen, um zu beichten und
Gott zu bitten, daß Du fortfahren mögest, die
Pflichten Deines neuen Standes so gut zu erfüllen,
wie Du die frühern erfüllt hast."

„Gott nimmt mir das Verdienst beim Erfüllen
derselben, da er sie mir so süß macht, Mutter Juana,"
antwortete Gracia.

In diesem Augenblick ertönte ein Schuß.

Gracia und ihre Großmutter stürzten in den
Saal und zum Fenster, welches sie öffneten. Die
Straße war öde und still.

„Halten Sie es für einen guten Einfall, in
dieser Stunde einen Schuß abzufeuern?" sprach, in=
dem sie ihren Fensterladen schloß, die Nachbarin
gegenüber, welche gleichfalls am Fenster erschienen
war.

„Dumme Jungenstreiche," antwortete die Alte.
„Gracia, meine Tochter, laß uns zu Bett gehen."

Gracia folgte ihr und legte sich nieder. Das
heftige Herzpochen aber ließ nicht nach, das die

allezeit schlimme Entladung eines Feuergewehrs bei ihr hervorgebracht hatte. Ein Gedanke, den sie selbst für thöricht erklärte, war ihr durch den Sinn gefahren, jäh, hell aufleuchtend, niederschmetternd wie ein Blitz! Sie vermochte es nicht zum Schlafen zu bringen, obwohl sie mehrmals betete:

> „Jesus, süßer Herre mein,
> Du Erlöser meiner Seele!
> Gib den Augen Schlaf doch ein
> Und, daß Furcht mein Herz nicht quäle!"

Am folgenden Morgen erhob sich die Alte sehr frühzeitig, um vom Markte die Eßwaaren herbeizuschaffen, welche zum Hochzeitsschmaus am Abend zubereitet werden sollten. In einiger Entfernung von ihrem Haus, an einem Kreuzwege, erblickte sie ungeachtet der frühen Morgenstunde einen Haufen von Menschen. Kaum näherte sie sich, so trat eine Frau aus der Gruppe heraus, ging auf sie zu und sagte ihr in der derben Offenherzigkeit des Volkes:

„Muhme Juana, hier liegt ein Todter; ihn tödtete der Schuß, der in dieser Nacht gehört ward. Derselbe ist ihm von einer Schläfe zur andern durch den Kopf gegangen. Er muß gefallen sein, ohne auch nur: Jesus! zu rufen. Denn Niemand unter den Nachbarn hat etwas Weiteres, als den Schuß

vernommen . . . Und er ist der Bräutigam Ihrer
Enkelin, Alonso! Wie schade ist es um den jungen
Menschen!"

Diese Nachricht traf die arme Alte wie ein
neuer Schuß und sie sank vor Bestürzung fast zusammen. Sie fühlte die Anwandlung einer Ohnmacht.
Es mußten Zwei sie nach ihrem Hause führen.

Als Gracia sie eintreten sah, stieß sie einen
gellenden Schrei aus.

„Alonso ist todt!" rief sie aus. „Der nächtliche
Schuß hat ihn getödtet!"

„Aber, Mädchen," fragte eine der Nachbarinnen,
welche der Alten zur Stütze dienten, „wer hat Dir
denn das gesagt?"

„Das Herz, das nicht lügt."

„Und wer mag den Schuß gethan haben?"

„Das Herz . . . das nicht täuscht," antwortete
das edle Wesen, das auch mitten in der Verzweiflung mit hochherziger Klugheit das an sich hielt,
was den Schandbuben hätte bloßstellen können, den
sie als den hinterlistigen Mörder des Genossen
kannte, den sie so sehr liebte.

Am Abend zuvor war Raimundo spät zu
Hause gekommen. Bis an die Augen verhüllt,
legte er die Hülle erst, nachdem er in sein Zimmer

gekommen war, ab, das er verschloß. Dann lehnte
er eine schöne zweiläufige Flinte, womit er auf die
Jagd zu gehen pflegte, an die Wand. — „Einer
war genug!" murmelte er; „ich habe eine sichere
Hand; aber wenn auch ein Schuß gefehlt hätte, so
war noch ein anderer in der Flinte . . . und der
Wille fest!!"

Raimundo löschte sein Licht aus und warf sich
auf sein Bett. Ein Strahl des Mondes drang
durch ein hohes Fenster hinab. Er fiel mit vollem
Licht auf die noch vom Schusse geschwärzte Flinte.
Da schien Raimundo ein Gedanke zu ergreifen, denn
plötzlich erhob er sich, ergriff die Flinte, ging aus
seinem Zimmer und stieg vorsichtig zum Kornboden
hinauf. Hinter sich schleifte er eine Handleiter her und
zog sie mit sich auf das Dach. Dort lehnte er dieselbe gegen den Thurm, dessen wir bereits erwähnten
und dessen hölzerne Stiege zerfallen war, stützte sie
an die Wand, nahm die Flinte, stieg hinauf und
schleuderte dieselbe in den verlassenen Erker hinein.
Als es das Aufschlagen beim Fallen hörte, flog
eine Menge nächtlichen Gevögels von schlimmer
Vorbedeutung auf und krächzte in trauriger Weise.

Fünfzehntes Capitel.

Nicht führet stets der Bosheit Bahn
Zur Macht, noch wird das Rechte ihr zu eigen;
Die Stirne muß zuletzt sich neigen.
Denn, wer dem Himmel thut zuwider,
Stürzt doch, wie hoch er stieg, zu Boden nieder.
       Luis de Leon.

Dem Höchsten Dank, schon darf ich sorglos wallen
Die Bahn hinan, aus diesem Thal der Zähren
Zum Ziele, den krystallnen Himmelssphären.
       Pedro de Salas.

Es gibt Personen, deren Gewissen schwere Lasten und sogar Leichensteine drücken und doch sieht man sie ein heiteres Antlitz tragen, sich unterhalten und sogar lachen. Ist vielleicht aus ihrem Gedächtnisse die Schuld hinweggelöscht? Nein. Freilich sind die kräftigen Naturen selten, welche wohl oder übel eine und dieselbe Gemüthsstimmung festhalten und einerlei Eindruck bewahren können. Einige gibt es aber doch und es hat deren gegeben.

Allein die Klöster der Rancé's, der Franze von
Borgia, die Narrenhäuser und der Selbstmord sind
die Zuflucht der erhabenen, der mittelmäßigen und
ungläubigen Naturen geworden, die die Ruhe der
Kraftlosigkeit nicht zu finden vermochten, welche die
unempfindliche Sorglosigkeit ist, die da verhüllt,
wenn auch nicht auslöscht, was Gewissensbisse oder
Gram mit Thränen oder Blut in das Herz eingeprägt hatten. Man betrachte nur denjenigen, welcher
das Bewußtsein seiner Schandthat, wie heimlich
dieselbe auch geblieben sein mag, zu verbergen sucht.
Wie sehr zerstreut, an allgemeine Interessen hinge-
geben er auch sein mag, man wird, wenn zufällig
ein Wort, eine Anspielung, eine Beziehung eine
unbemerkte Erinnerung, eine schwache Saite berührt,
einen augenblicklichen Schatten sein Antlitz verfin-
stern sehn, man wird seine noch eben helle und ent-
schiedene Stimme sinken hören; sein Blick wird die
Uebrigen meiden, denn er fürchtet, daß durch denselben der verborgene Gedanke herausleuchte, der in
seiner Brust aufgestiegen.

Man wird ihn zuweilen das Gewissen mit
dem Cynismus der dürren Verzweiflung herausfor-
dern hören. Das Gewissen gehorcht wie eine Uhr
nur seinem eigenen Triebe; es antwortet auf seine

Herausforderung nicht, sondern setzt seinen einför-
migen und beständigen Schlag fort, um zu der ihm
bezeichneten Stunde laut zu werden. Möge der
Sünder Gott bitten, daß diese Stunde ihn noch am
Leben und: „Barmherzigkeit!" rufend finde.

Eine dieser Herausforderungen, welche Raimundo an sein Gewissen erließ, war folgende: Sich
seines Feindes entledigen, ist eine natürliche Berech-
tigung. Die Gesellschaft stimmt derselben bei und
macht sie zum Gesetz. Die Nationen nehmen sie an,
nennen sie in ihren Kriegen Ruhm. Der Einzelne
heiligt sie in seinen Zweikämpfen und nennt sie
Ehre. Die Religion allein spricht: „Du sollst nicht
tödten!" wie sie so viele andere sehr gute und heilige Dinge, welche aber wenig geübt werden, aus-
spricht.

Und dessen ungeachtet?... Wer würde einige
Jahre nach der Katastrophe, welche wir erzählt und
deren Veranlassung und Urheber unbekannt geblieben
waren, denselben nicht erkannt haben, wenn er Raimundo gesehen. Sein muthwilliges Wesen war ver-
schwunden. Sein aufgeregtes und abenteuerndes
Leben umgewandelt. Abgeschlossen, schweigend, auf-
fahrend, reizbar, feindlich gegen jedes Ding und
jede Person, besonders gegen seine Frau, die er

haßte, war er dahin gelangt, ein eben so ungern gesehenes als gefürchtetes Wesen zu sein.

Es ist gewiß, Raimundo war sehr unglücklich und das machte ihn bitter. Nur die Personen, welche Niemandem Uebles, wohl aber alles mögliche Gute gethan haben, genießen das ausgezeichnete Vorrecht, im Unglücke nicht bitter zu werden. Was die Charaktere wirklich erbittert, sind die Gewissens- bisse, diese innere Ueberzeugung von der Schuld und Bosheit, welche in Feindseligkeit, in Mißvergnügen über Andere und sich selber ausbrechen, wie wir es bei anderer Gelegenheit gezeigt haben.

Raimundo trieb ein Gepränge mit der Gering- schätzung und Gleichgiltigkeit. Seine Mutter war gestorben, ohne daß eine Aeußerung von Liebe oder Schmerz Seitens ihres Sohnes ihr die letzten Au- genblicke versüßt und ohne daß dieser auch nur eine Thräne über ihrem Grabe vergossen hätte. Er hatte seinen alten Anverwandten, den Freund seiner Mutter, den ehrwürdigen Ordensgeistlichen, welcher mit so vieler Geduld und Güte sein Lehrer gewesen war, aus seinem Hause gehen lassen, als er das Pfarramt in einem elenden Dorfe erhielt, ohne sich zu bemühen, ihn zurückzuhalten, ohne seinen Abgang zu bedauern, ohne ihn zu vermissen. Er that mit

jener Gleichgiltigkeit und Geringschätzung groß gegen
seine Frau, als ob dieselbe in Allem unter ihm
stände, als wenn er sie mit der Kette erdrücken
wollte, welche ihm selber so schwer fiel. In diesen
Zustand bittern Unglückes hatten ihn seine zügellosen
Leidenschaften, diese mit Wahnwitz und Irrereden
auftretenden Fieberkrankheiten der Menschheit, ge=
bracht.

Die einzige Blume, welche noch im verwüsteten
und trocknen Herzen dieses Menschen duftete, war
die leidenschaftliche Liebe, die er zu seinem Sohne
trug. Dieses Knäblein war das einzige Lächeln
seines traurigen und ausgebrannten Lebens, die ein=
zige Hoffnung seiner dürren und finstern Zukunft,
der einzige Stern, welcher am Himmel seiner Liebe
leuchtete, an welchem der Stern von Andalu=
sien geglänzt hatte, der seinem Blicke für immer
entschwunden, und von der großen Sonne des Le=
bens, der Religion, deren Dienste er sich gewidmet
hatte, überglänzt war.

Gracia war es gelungen, in einem Kloster
aufgenommen zu werden, dieser Zufluchtsstätte der
Unschuld und des Unglückes, dem Schutzorte der
Schwachen, dieser Heerde Hilfloser, welche sich be=
müthig um den Altar drängen, um von Gott

Schutz und von den Menschen nur Vergessenheit zu
erbitten! Und diese Heerde von eingezogen lebenden
weiblichen Wesen, die Niemanden beleidigen, sehen
sich angegriffen und ihre Institute verfolgt. Sollte
man das wohl glauben können? Katholikenfeinde,
vielleicht reuet es Euch, nicht dazu mitgewirkt zu
haben, oder mitzuwirken, daß diese geweihten Jung-
frauen die entsetzliche Schaar der Prostituirten, die
ihr aus andern gebildet, vermehrten? *)

Aber Gott wacht über sie und hat an die
Pforten dieser heiligen Zufluchtsstätten unschuldiger
Hilflosen die öffentliche Meinung als Wächterin ge-
stellt, welche sich so fest und Achtung gebietend er-
weist, daß sie Euch zwingt, zurückzuweichen und die
Augen niederzuschlagen.

Zu dieser geachteten Freistätte hatte Gracia
vor der niederträchtigen, ehebrecherischen Leidenschaft,
welche ihr Dasein verfolgte und verbitterte, ihre Zuflucht genommen. In diese Clausur, welche unverletzt

---

*) Kaum werden unsere Leser es glauben, daß wir wäh-
rend des bürgerlichen Krieges mit Entsetzen den politischen
Chef einer gewissen wichtigen Provinz diesen barbarischen, unreinen, feigen Wunsch haben äußern hören.

Ach, welche Menschen! Vor Allem aber, welche Obrigkeiten!
Wie gut und wie fest gegründet aber ist die Gesellschaft, welche
solchen Führern Widerstand leistet!

bleibt, so lange es Jemand gibt, welcher dieselbe, wenn auch nur allein aus weltlicher Billigkeit, stützt, war die Arme, das Schlachtopfer des Despotismus einer hassenswerthen und verbrecherischen Liebe, eingetreten, um ihre Einsamkeit und ihr Mißgeschick zu beweinen. Hier konnte sie rein und tugendhaft bleiben; hier erreichten kühne und verbrecherische Verfolgungen sie nicht.

Raimundo sah also von seinem Frevel kein weiteres Ergebniß, als die Befriedigung seiner Eifersucht. Diese allein würde ihm aber genügt haben, um denselben zu begehen.

Trinidad war unglücklich. Täglich verschlimmerte und verbitterte sich ihr Charakter bei der unerträglichen Existenz, unter welcher ihr despotischer und grausamer Mann sie leiden ließ. Sie ward von der beständigen Feindseligkeit und dem steten Widerspruche angesteckt, den sie bei ihm fand; je mehr die Uebertriebenheit der Neigung, die er seinem Sohne bezeigte, zunahm, desto mehr verminderte sich die gegen seine Frau. Denn einander feindselig gegenüberstehende Personen unterwerfen schließlich Alles dem Geiste der Opposition.

Wer sollte das nicht schon mit Schmerz bemerkt haben!

Nachdem Raimundo kein Vergnügen mehr an seinen Freunden fand, nachdem seine Häuslichkeit ihm unerträglich, kurz Alles verhaßt geworden war, brachte er lange Zeiten auf dem Lande zu, wo er sich ländlichen Arbeiten widmete und in dieser äußerlichen Thätigkeit einige Ableitung für die innere suchte.

Bei diesen Ausflügen nahm er stets seinen Sohn mit, welcher fröhlich, stark und schön emporwuchs, aber in Folge der väterlichen Nachsicht so verkehrt und eigenwillig war, daß seine Mutter, welche ihn nicht zu bändigen wußte, den Sohn eben so gern als den Vater sich entfernen sah.

Eines Tages, als Raimundo ohne seinen Sohn sich auf das Land begeben hatte, kehrte er, von einer Sehnsucht, ihn zu sehen, getrieben, bald wieder zurück. Kaum vom Pferde abgestiegen, fragte er nach dem Knaben. Da die Dienerschaft seinen Fragen nicht zu genügen vermochte, ging er in das Zimmer der Mutter, um nach dem Knaben zu fragen.

„Was weiß ich's?" antwortete Trinidad auf seine Frage. „Kann ich ihn etwa bändigen? Er wird auf dem Hofe bei der Ziege oder im Garten sein, um Vogelnester zu suchen."

„Ist das," rief ihr Mann aus, „die Fürsorge,

die Du Deinem Sohne widmest?. Du bist nicht bloß ein Leib ohne Seele, sondern ein Leib ohne Herz."

„Sieh doch, wer vom Herzen redet!" entgegnete gereizt Trinidad. „Ein Muster von Sohn, Bruder und Gatten!"

„Ich bin ein guter Vater ... das ist genug!"

„Nicht genug, nicht genug," antwortete die Frau.

„Ich liebe nur meinen Sohn," fuhr Raimundo fort, „denn er allein verdient es."

„Dann möge Gott zulassen," rief verzweifelt Trinidad, „daß diese Liebe Dir alle die Thränen koste, welche Du diejenigen hast vergießen lassen, die Dich geliebt haben!"

In diesem Augenblicke knallte ein Schuß.

Raimundo durchdrang ein tiefer Schauder.

„Was ist das?" fragte er, auf den Hof hinauseilend, das Gesinde, das sich, von der Explosion aufgeschreckt, dort zusammengefunden hatte. „Wer in meinem Hause hat diesen Schuß abgefeuert?"

„Der Schuß ertönte vom Thurme her," antwortete der Arbeitsaufseher.

Raimundo erhob den Kopf. Eine Todtenblässe überzog sein Antlitz. Er hatte auf dem Dache eine gegen den Thurm gelehnte Handleiter erblickt, grade so, wie er sie in jener Nacht unheilvoller Erinnerung angesetzt hatte, um dort vor sich selber und Andern das Werkzeug seines Verbrechens zu verbergen! Die Flinte hatte zwei Ladungen gehabt. Eine war zu seiner Absicht ausreichend gewesen, die andere im Laufe geblieben .... Der Knabe hatte Vogelnester gesucht und deren gab's im Thurme in Menge .... Alle diese Gedanken zusammen fuhren ihm auf einmal wie ein rother Schein durch seinen schaudernden Sinn!

„Mein Sohn!" schrie er, stürzte wie ein Sturmwind die Treppe hinauf, erstieg das Dach und klimmte die Handleiter hinan.

Auf dem Boden des Thurmerkers lag die Leiche eines Knaben in einem Meere von Blut; an seiner Seite sah man seines Vaters Flinte .... schwarz wie die Schuld, unbeugsam wie die Gerechtigkeit, sicher wie die Sühne.

————

Beschluß.

Raimundo überlebte seinen Sohn nicht lange.

Ob er in der Zeit, wo er noch lebte, seinen Schmerz herbe und dürr, wie eine nach heidnischem Stile durch das Schicksal ihm auferlegte fruchtlose Strafe ertrug, oder ob er denselben, sanftmüthig und ergeben wie eine Sühne duldete, werden dem christlichen Geiste und Glauben zufolge nur Gott, sein Beichtvater und er selber wissen.

Mit gottesfürchtigen Gedanken, wie ein schönes bei uns wohl bekanntes Wort sagt, muthmaßen wir: Gott habe den schrecklichen Ausspruch, seiner Jedem das Seine zutheilenden Gerechtigkeit nicht gethan, ohne ihm zuvor seine zweifache Sendung zu bezeugen, das Vergangene zu bestrafen, und einem reumüthig Unterworfenen eine bessere Zukunft zu gewähren. Der Christen sind nur wenige, welche in

den äußersten Augenblicken der Furcht, der Hilflosig-
keit und des Schmerzes ihr Herz nicht zu Gott erheben und den Himmel um den Beistand, die Zuflucht und den Trost anflehen, welche sie auf Erden
nicht zu finden vermögen!

Die Nachricht von der kläglichen Katastrophe
durchdrang die Mauern des Klosters, in welchem
Gracia sich befand.

Sie war die Einzige, welche deutlich den Finger
Gottes in dem tragischen Hergange erkannte und
mit erneuerter Inbrunst für Lebende und Todte, für
Freunde und Feinde, für die Seligkeit der Guten
und die Bekehrung der Bösen betete, und täglich
mit immer süßerer Ueberzeugung wiederholte:

> Beglückt die Seele, die im heilgen Sehnen
> Den Trug verschmäht im irdischen Getümmel
> Um eine Wahrheit nur — um die im Himmel.

Das Votivbild,

eine Erzählung.

Erzähle uns in klarer castilianischer
Prosa, in jenem Stile, der, ich will nicht
sagen, ob gut oder schlecht, aber der Deinige
ist, und erfreue uns dadurch. Erzähle uns, sage
ich, was wirklich unter unserm spanischen
Volke sich begibt, was unsere Landsleute in
den verschiedenen Classen unserer Gesellschaft denken und thun.

(Brief des Lesers der Batuecas an F. Caballero).

Erstes Capitel.

Zwei aufgeklärte Reisende — Eine Ortschaft, welche anfängt, den Pfad des materiellen Fortschrittes zu betreten. — Ein Kirchner mit offenem Munde. —

> Der französische Leichtsinn, der Voltairische Witz, das nihil mirari sind es, welche Alles bei uns erschlaffen machen.
> Chateaubriand.

> Der Atheismus ist nicht sowohl der Glaube, als die Zuflucht des bösen Gewissens.   Maxime.

Eines Engländers Wille ist eine Kraft, welche von unberechenbaren normannischen Triebfedern in Bewegung gesetzt wird. Ein Engländer, welcher recht übereinstimmend mit seinen Landsleuten denkt, setzt sich vor, dieser Alles umfassende Wille müsse den berühmten und phantastischen Hebel des Archimedes verwirklichen. Mit den Kräften des Atlas vereinigt er die Launen einer Prinzeffin und den Despotismus eines gar übel gezogenen Kindes. Daher kommt es, daß, wenn ein Sohn des Landes, deffen weiße Küsten ihm von den Römern den Namen Albion eintrugen, sagt: Hier setz' ich meinen Kopf darauf, er es thun wird, ohne sich durch Stöße vor sein Haupt, Beulen, Löcher im Schädel und andere Kopfverletzungen abhalten zu laffen. Wenn man diese allgemeinen Regeln auf das kleine Gemälde der Erzählung, die wir zu geben im Begriffe sind, anwendet, so wird sich Niemand wundern, zwei Engländer in der Absicht aus Gibraltar abreisen zu sehen, ihre Reiseroute in grader Linie nach Ronceval zu verfolgen, ohne andere Führer als ihre Nasen zu nehmen. Master Hall hatte zu Master Hill gesagt:

„Wir beiden werden allein und unzertrennlich reisen wie die Zwillinge im Thierkreise. Cadiz, wohin wir unsere Richtung zuerst nehmen, ist der Pol nicht, so daß wir Gefahr laufen könnten, uns wie Capitän Franklin zu verlieren." —

„Wie man vermeint," bemerkte Master Hill. „Das Verlorengehen," fügte er seufzend hinzu, „ist ein Vergnügen, womit das erleuchtete Jahrhundert

aufgeräumt hat.   Der Erdball ist schon genug
durchforscht."

Mit diesen Worten gaben die beiden Freunde,
einer war lang, der andere kurz, ihren armen
Pferden, welche hätten sterben mögen, um sich auszuruhen, die Sporen, ritten an der Bay längs
der Küste hin, passirten Algesiras, erklimmten einen
Abhang, welcher wie eine Treppe abfiel und gelangten auf die Gipfel der letzten Höhen der Sierra
de Ronda, welche sich dem Meere nähern, als wenn
sie ihre große Schönheit in weitem Spiegel erblicken
wollten.   Hier befanden sie sich in einem dichten
Walde von Meereichen und Korkbäumen.   Auch
mit Brombeersträuchen, Epheu und wildem Weine
hatte sich derselbe bekleidet und geschmückt und ver-
barg in seinen Thälern unter Oleandergebüsch Bäche.
Die Fußstapfen des Menschen wurden hier durch die
kräftige Vegetation bald wieder vertilgt.   So geschah
es, daß unsere Reisenden sich verloren hatten, ehe sie
einmal God by gesagt, so verloren, wie Master
Hill es nur wünschen konnte. Dieses trug beiden
Freunden das Vergnügen ein, verschiedene Stunden
in einem wilden Walde umherzuirren wie Paul
und Virginia.   Endlich, als sie auf eine etwas
mehr vom Baumwuchs entblößte Höhe gelangten,

erblickten sie das weite Meer, welchem sie sich ge=
nähert hatten, und am Fuße des Berges ein Thal,
das auf der linken Seite durch einen schmalen
Strand von goldgelbem Sande begrenzt war, — den
Gott zwischen das Land und das Meer wie ein
unbezwingliches Bollwerk gestellt hatte, — und auf der
rechten durch einen dichten und rauhen Fichtenwald,
gleichsam ein festes Thor, womit das Thal verschlossen
war. Auf dem weichen Teppich niedergelassen, den
das den Boden bedeckende Gras bildete, lag ein
menschenscheues Dörflein, das vor sich das Meer
mit seiner unermeßlichen Eintönigkeit, hinter sich
den ernsten und finstern Fichtenwald und zu den
Seiten unwegsame Gebirge hatte. Dasselbe schien
dahin gelegt zu sein, um alle Einsamkeiten genießen
zu können. Bevor jene zu diesem Orte kamen, er=
blickten sie einige Silberpappeln, welche unter dem
beständigen Peitschen des Seewindes emporgewachsen
eine gekrümmte und klägliche Stellung einnahmen
und ihre wankenden unruhigen Schatten auf einen
tiefen, weiten Brunnen mit darüberliegenden
Schnellbalken warfen, welcher den Heerden zur
Tränke diente.

Am Eingange in's Dorf befand sich ein starker,
derber Brückenbogen, welcher einigen Anspruch darauf

machte, eine Brücke zu sein, und über eine nicht sehr
tiefe Wasserrinne geführt war, die im Winter zur
Ableitung des Wassers diente. Jetzt aber, wo
die Regenzeit vorüber war, gewährte das Brücklein
einen ehrwürdigen Anblick, denn man sah nicht
einen friedlichen Bach noch minder aber einen mäch-
tigen Strom kommen, ihm Ehre zu erweisen und
unter seinem Joche hindurchzugehen, sondern eine
Heerde von Ferkeln. Es schmückten den Obertheil
dieser Brücke — ein Werk der Kunst und der An-
sehnlichkeit des Ortes — zwei vollkommen vier-
eckige Pfeiler, deren abnehmende vier Kanten oben
zu freundschaftlicher Vereinigung zusammenliefen und
diese Vereinigung mit einem Knaufe oder etwas
Aehnlichem besiegelten. Weil sie in ihrer Art einzig
waren, konnten sie weder in der Horticultur noch
Architektur classificirt werden. Als diese städtische
Verbesserung, das Brücklein mit jener Verschönerung
der öffentlichen Aussicht, den Pfosten, zum Schlusse
gebracht waren, welche den Anspruch erhoben,
wenn auch mittelst eines entarteten Stammes, zur
Familie der Obelisken oder Monumentalsäulen zu
gehören, hatte der Ortsrichter den ersten und einzigen Schreibmeister des Ortes beauftragt, eine Auf-
oder Inschrift zum Andenken und Zeichen der Er-

innerung an die Zeit, wo sie gemacht worden, und
der Personen, die bei dem Werke mit thätig gewesen,
zu besorgen.   Das Einzige, worauf er ihn aufmerksam machte, war, daß er in dieser Inschrift Zeugniß von aller der tiefen Verehrung geben müsse,
welche an diesem Orte die Religion genieße, und
daß die obrigkeitlichen Behörden sich zur Constitution
bekannten.   Der erste Schreibmeister, der sich schnell
zu fassen wußte, setzte ohne viele Umstände auf
einen der Pfeiler, in so dicken und großen Buchstaben wie die Kleinen, welche seine Schule besuchten,
machten, die folgende Inschrift:

> Halt! Wanderer oder Reiter,
> Verehr' die Religion
> Und lieb' die Constitution
> Und dann — zieh ruhig weiter! *)

Am andern Pfeiler waren Tag, Monat und
Jahr, wo das stolze Monument errichtet und ein-
geweiht worden, nebst den Namen des Ortsrichters,
welcher das Werk betrieben, des Maurers, welcher

*) Schreiber dieses bezeugt, diese Inschrift auf einem
Pfeiler am Eingange einer Brücke gesehen zu haben.   Die
Novellenschreiber haben nicht das Glück, solche Dinge erfinden
zu können.   Die Kunst vermag es nie, es in irgend einer
Gattung zur Vollkommenheit der Natur zu bringen.

daſſelbe aufgerichtet und des Ziegelmeiſters, der die Steine gebrannt, verzeichnet.

An dieſem denkwürdigen Tage gab es Feſte und öffentliche Luſtbarkeiten, welche aus den Jahrbüchern des Ortes erſichtlich ſind. Dieſelben beſtanden darin, daß man einen Stier mit der Lanze und ſechs Raketen neckte. Um das Andenken eines ſo glücklichen Tages noch unauslöſchlicher bleibend zu machen, erwiſchte der Stier den Ortsrichter auf der Schaubühne, welcher von dem Nahen der Beſtie überraſcht, kein Mittel weiter zur Rettung fand, als am Gatter hinaufzuklettern. Er konnte ſolches aber nicht mit genugſamer Behendigkeit ausführen, um noch zu rechter Zeit denjenigen Theil außer dem Hörnerbereich des Stieres zu bringen, welchen er in ſeiner Kindheit auch ſchon eben ſo wenig außer dem Bereiche der Schläge hatte bringen können. *)

Wenn man das Brücklein hinter ſich hatte, war das Erſte, worauf man traf, eine Schenke, deren ganzer Vorrath in einem ſchlechten Faſſe Wein und einem zweiten noch ſchlimmern Faſſe Branntwein beſtand.

---

*) Hiſtoriſch.

Der Wirth, welcher Dank der Nähe von Gibraltar, diesem Geschwüre Spaniens, zu Kunden
eine Anzahl liederlicher Kerle, Deserteure, entwichener
Sträflinge, Contrebandirer und Landstreicher zu
haben pflegte, und sah, wie diese Schuldner, in der
Bezahlung wenig gewissenhaft, die todten Stunden
über sich in seinem Etablissement aufhielten, seinen
Fässern zur Ader ließen, Streitigkeiten ansponnen
und sich ohne Bezahlung davonmachten, hatte als
Vorschrift und als eine Art von Statuten seiner
Herberge mit ungeheuer großen, wie die Pfauen
bunten Buchstaben von grimmigem Röthel das folgende Quartett, ein Muster von Statuten und
Kürze geschrieben:

> Lasset uns kehren hier ein,
> Lasset uns trinken den Wein,
> Laßt uns bezahlen den Schmaus,
> Lasset uns gehen nach Haus. *)

Unsere weißen Söhne Albions kamen, Dank
den Liebkosungen der spanischen Sonne, den Roth-
häuten ein wenig ähnlich an. Bei der Brücke

---

*) Nach der Natur copirt, wie die vorigen Verse, nimmt
dieses Quartett, ein Ideal des Lakonismus und treffenden
Sinnes, im Denkbuche oder der Mappe des Autors einen vor-
züglichen Platz ein.

machten sie nicht Halt, verehrten sie nicht die Religion, liebten sie nicht die Constitution, ohne daß
darum das Monument, welches den Beruf hatte,
die Befolgung dieser Vorschriften zu überwachen,
ihnen seinen Knauf an die Köpfe geschleudert hätte.
Als sie zum Wirthshause kamen und sich orientirt
hatten, baten sie den Wirth, er möchte ihnen einen
Führer verschaffen, der sie nach Vejer brächte, das
der nächste Ort war. Während der Wirth dieses
Geschäft auszurichten ging und die unglücklichen Pferde
ein wenig ausruheten, begaben sich ihre Herren
daran, einen Umgang durch den Ort zu halten. —
Sie kamen zu dem Platze, auf welchem die Kirche
stand, die sie durch ihr gutes Aussehen überraschte.
Daher baten sie den Küster, der an der Eingangs=
thür stand, ihnen dieselbe zu zeigen. Der Küster
beeilte sich, in jener Dienstbeflissenheit, die das Volk
in Spanien so gern aus freiem Antriebe zeigt,
ihnen mit aller der unschuldigen Freude, welche man
empfindet, wenn man Andere die Gegenstände bewundern und verehren sieht, die wir selbst bewundern
und verehren, den Eingang in die Kirche zu er-
öffnen. Wie mag sich aber der arme Küster ge-
täuscht gesehen haben, als er, anstatt der andächtigen
Bewunderung, die er erwartete, jene Herren nur

höhnisch die Achseln zucken und spöttisch lächeln
sah. Wir sind in der Welt zum Unglücke so gewohnt, die Kühnheit, in welcher die Gottlosigkeit
mit dreister Stirn unsere am festesten gewurzelten
Ueberzeugungen, unsere tiefsten Glaubensüberzeu-
gungen und unsere süßesten und lieblichsten Empfindungen angreift und verletzt, zu sehen, daß unsere
Herzen, nachdem sie zertrümmert worden, verstummt
sind; das heißt, sie hören ärgerliche Ruchlosigkeiten
an, ohne daß dieselben ihnen einen andern Eindruck
verursachen, als den eines traurigen Bedauerns.
Auf den Kirchner dieses entlegenen und geringen
Ortes wirkten solche Aeußerungen wie eine Decke
von Schnee, die über ein neugeborenes Kind geworfen wird.

Das Erste, was bei diesen Fremden, welche sich
mit dem ehrenvollen französischen Titel starke Geister
nannten — die wir hier aber weit schicklicher unwissende Materialisten nennen würden, — Anstoß
erregte, war ein schönes Bild der heiligen Jungfrau,
welche unter ihrem süßen bildlichen Namen der
göttlichen Hirtin (was sie für die Heerde ist, welche
ihr göttlicher Sohn als Hirte führt) auf dem Hoch-
altare von ihren Schafen umgeben, aufgestellt war.
Diese bildliche Benennung ist so allgemein, daß selbst die

Protestanten ihre Pfarrer Pastoren nennen. Unsere
Reisenden mußten aber, obwohl sie für Rechnung
einer Bibelgesellschaft reisten und Bibeln verbreiteten,
wohl niemals weder das neue noch alte Testament
gelesen haben, da sie die Verehrung der Mutter
Gottes so sehr überraschte, die ihr göttlicher Sohn
schon am Kreuze angeordnet hat. Eben so wenig
aber auch hatten sie die bildlichen Ausdrücke verstanden, durch welche in beiden Testamenten jene tiefen
Wahrheiten dem beschränkten menschlichen Verstande
einleuchtend gemacht werden.

Daher sprach Master Hall zu Master Hill:
„Das Feld stellt hier zu Lande nur Oeden, ver-
wachsene Wälder und Wildnisse vor; in den Kirchen
finden wir dafür Arkadien! Wen stellt diese Phyllis
vor?"

„Sie ist," antwortete in einem entscheidenden
und lehrhaften Tone Master Hill, „eins der Götzen-
bilder, welche die Spanier anstatt des göttlichen
Schöpfers anbeten."

„Wie so? Glauben sie denn nicht an das höchste
Wesen?" fragte Master Hall.

„Sie kennen dasselbe nicht, dear Fellow," antwortete der Gefragte. Dear Fellow will besagen:
Lieber Gesell, und ist ein unter Albion's Söhnen

äußerst häufig gebrauchter Ausdruck. — Der dear
Fellow, welcher denselben als Humorist (d. h. als
Wißling und Original im Scherzen) hinwarf, ließ
aus seinen Lippen einen Brunnen von Wißworten
hervorbrechen, welche mit ihrem scharfen Mauer=
brecher eine Sturmlücke in das andalusische an=
muthige, feinsinnige und geistreiche Wesen zu brechen
geeignet sein sollten.

Reichlicher Stoff, sich weit zu ergehen, gewährte
ein Bild, das gewiß nicht schön gemalt war, seinen
Sinnspruch in einer Ecke führte, der mit großen
Buchstaben besagte: ex voto, und auf der einen Seite
des Altars hing. Dieser Altar bestand aus weißem
und schwarzem Marmor; auf demselben erhob sich
ein großes Kreuz von Ebenholz, an dessen Armen
ein feines, mit Spitzen geziertes Schweißtuch aufge=
hängt war und zu dessen Fuße man die Dornen=
krone und die Nägel aus gediegenem Silber er=
blickte.

Das Votivbild, das vorzugsweise vor andern
neben dem Kreuzaltare aufgehängten die Aufmerk=
samkeit der gelehrten Reisenden auf sich gezogen
hatte, zeigte vor dem dunkeln Hintergrunde eines
Fichtenwaldes ein auf einem einfachen, von Mauer=
steinen aufgeführten Fußgestelle sich erhebendes Kreuz,

von deſſen Armen ein Blumengewinde hing, wie
man es an allen Kreuzen an den beſonders zu deren
Cultus beſtimmten Tagen im Anfange des Mai-
monates bemerkt. Auf dem Vordergrunde des
Bildes zeigte ſich ein Mann mit einem Dolche in
der Hand, welcher ſich auf den Boden über einen
andern hingeworfen, der beim Fallen ein Kreuz um-
faßt hatte, das zwiſchen Dornengebüſch in den Boden
getrieben war. —

„Haben Sie," fragte Maſter Hill ſeinen geliebten Genoſſen, „jemals in einer Kirche eine
Räuber- und Mörderſcene gemalt geſehen?" —

„Es wird," erwiederte der Gefragte, ein un-
geſalzener Salomo, „ein Altar ſein, welcher dem
Heiligen, den man zum Patron der Dolche erkoren
hat, errichtet worden."

Die beiden dears fellows lachten in der Weiſe,
worin, wie Homer erzählt, die Götter auf dem
Olympe ohne Zweifel dann lachten, wenn ſie ſo
lächerliche Menſchen, wie dieſe hier, ſahen.

„Kreuze und Dolche!" rief der fellow Nro. 1.

„Blut und Gebete!" fügte der fellow Nro. 2
hinzu.

„Aberglauben und Dummheit! Ja, die trifft

14 *

man hier an, aber, wie ich wahrnehme, keinen ein=
zigen comfort!"

„Glauben Sie nicht, mein Freund, daß diese
Bilder, diese häßlichen Figuren beweisen, wie Murillo
und seine Kunst phantastische und durch die Ro=
manzensänger, welche den Cid erfanden, erfundene
Dinge sind, welche in diesem Lande mit den schlechtesten
Wegen niemals existirt haben?"

„Sie mögen wohl recht haben, geliebter Herr.
Unzweifelhaft aber ist, daß die Aufstellung so schlecht
gemalter Bilder in einer Kirche wider das kirchliche
decorum, wider den Ernst der Betrachtung und
die Würde des Cultus verstößt."

Mein Leser, der Du vielleicht fern lebst von
dem Verkehre mit Protestanten oder mit Menschen,
die keine Religion haben und welche erkennen lassen,
daß, wenn sie nicht der unsrigen folgen, es nicht
geschieht, weil sie hochmüthig und ungläubig sind,
sondern aus Mangel an Gottesglauben, der nicht
an die Höhe ihrer Weisheit reicht, wisse, daß wenn
sie sich so darauf steifen, das decorum, den Ernst
und die Würde leuchten zu lassen, wenn sie der=
gleichen Materien abhandeln, es deshalb geschieht,
weil sie der Liebe, der Inbrunst, dem Glauben,

kurz den Tugenden von Oben, die hieniedigen
Tugenden vorgezogen haben.

„Es ist eine große Unehrerbietigkeit," sprach
Master Hill. —

„Eine Ehrfurchtswidrigkeit, mein Lieber," antwortete der Andere. —

„Eine Lächerlichkeit, Freund."

„Eine Unpäßlichkeit, Sir."

„Eine Entweihung, dear."

„Herr," sprach der mehr als Salomo, indem er
an den Küster herantrat, „verbrenne Du diese non
senses oder gib sie Deiner baby; und nimm," fügte
er, indem er ihm eine Bibel überreichte, hinzu —
„hier hast Du die Wahrheit, die Du nicht weißt
und welche Du in den heiligen Schriften finden
wirst, die Du nicht kennst." — Damit entfernten
sich die interessanten Missionäre, lachten und ließen
den Küster mit offenem Munde stehen. — „Sie können
keine Christen sein," murmelte er zuletzt; „Juden
werden es sein, von den Vielen, die es nebst andern
verbotenen Sorten zu Gibraltar gibt."

Nun wollen wir als Katholiken, als Spanier
und Freunde der Aufklärung im echten Sinne, welche
darin besteht, dem Verstande Licht zu geben und
einen zweifelhaften Punkt oder Stoff aufzuhellen,

den Ursprung und die Bedeutung des in Frage
stehenden Botivbildes erzählen, weil es anziehend ist,
die katholische Thatsache mit der protestantischen
Auslegung, das warme Herz, das empfindet und das
Rechte trifft, mit der kalten Vernunft, welche ur-
theilt und mit ihrem Compaß mißt . . . und irrt!,
die Erhebung und Poesie der frommen Seele, welche
sich auf ihren weißen und glänzenden Schwingen zu
Gott erhebt, mit der prosaischen, armseligen, skeptischen
Vernünftelei zu vergleichen, welche auf ihren bleiernen
Füßen auf ihrem dürren und unfruchtbaren Pfade
dahinstolpert. Dabei sind wir sicher, daß fast Alle
mit uns die Worte des heiligen Paulus nachsprechen
werden: Wer wird schwach, ohne daß ich schwach
werde? Wer wird geärgert, ohne daß ich brenne?
(II. Corinth. XI. 29.)

Zweites Capitel.

Das Fest der Kreuzesauffindung. — Scene aus dem Innern. — Warum die guten Alten das Gesicht behalten. — Die Sprache der Vögel. — Ursprung, Martergeschichte und Tod einer gebackenen Puppe.

> Ach, beeilet Euch nicht, Eure Gedanken zur Reife zu bringen, genießet den Morgen, genießet den Lenz; Eure Stunden sind an einander geschlungene Blumen; entblättert dieselben nicht schneller als die Zeit.
>
> Victor Hugo an die Kinder.
>
> Ohne noch zu begreifen, was die Unschuld werth ist,
> Sprich: Mein Gott erhalte mich wie eine weiße Blume!

Jenes traurige und einsame Dörfchen hatte auch seine glücklichen und zufriedenen Bewohner, welche Anhänglichkeit an dasselbe empfanden, wie Kinder an ihre Ammen, so häßlich und verdrießlich dieselben auch sein mögen. Ueberall begnügt sich die Zufriedenheit der Demüthigen und derer, die am Herzen gesund sind.

Auf der Seite, welche derjenigen, worin die Schenke liegt, entgegengesetzt ist, sah man ein sehr reinliches, ganz weißes Haus; es war noch nicht lange erst mit einer neuen Kalkbekleidung beschenkt worden. Sein Dach war mit Gräserchen und Blümchen bedeckt, als ob es sich einen Kopfputz von Pflanzen aufgesetzt hätte. Durch die geöffnete Thür erblickte man den Hofraum, welcher, weil sich das, was wir erzählen, im Mai begab, zu einem Blumen=korbe gestaltet war. Der schöne Anblick, den dieses Haus gewährte, konnte mit einem aufrichtigen Menschen verglichen werden, welcher unverhohlen ein Herz voll Unschuld und Fröhlichkeit öffnet und sehen läßt. Man schaute hier Rosen in ihren ver=schiedenen Farben, weiße, rothe, gelbe, wie Schwestern in verschiedenen Gewändern.

Die Lilie, diese deutsche Blume, welche so früh blüht, verneigte sich unempfindlich und traurig in ihrem bescheidenen Kleide. Die zarten Veilchen deckten sich mit ihren runden Blättern wie mit Sonnen=schirmen zu. In den Spalten der Wände trieb die Reseda in aller Eile ihre zarten Zweiglein, während ihr mit seinen großen und unschuldigen Augen ihr

guter Freund, der Salamander, zuschaute. Rings
herum im Hofe neigten sich auf in die Wand ein-
geklemmten Ziegeln, wie auf Canzeln, gelehrte Nelken
nach Außen und hielten den übrigen Blumen eine
Predigt über die Kürze des Lebens. Ein blasser und
zarter Jasmin, welcher dieselbe hörte, fiel ohnmächtig
in die Arme einer Staude spanischer Kresse, welche
unerschrocken und in ihrem goldenen Gewande zum
Jasmin hinaufgekommen war, indem sie ein Gitter
überklettert hatte. – Die Mitte des Hofes nahmen
ein Pomeranzen- und ein Granatenbaum ein, die
ihre rothen und weißen Blüthen mit einer Harmonie
und einem Schweigen unter einander mischten, daß
sie die französische gesetzgebende Versammlung hätten
tief beschämen müssen.

Eine große Menge von kleinen Vögeln,
Schmetterlingen und Bienen machte von Blume zu
Blume höfliche Besuche, ohne Besorgniß, es möchte
eine dieser liebenswürdigen Töchter Florens ihnen
den Empfang versagen, selbst unter dem Vorwande
nicht, noch im Morgenanzuge zu sein. Ein lieb-
licher Seemorgenwind, rein wie Bergkrystall, entnahm
von diesen und jenen seine Düfte. In diesem Hofe
blühte, duftete, flog und sang Alles.

In dem Hauptzimmer der Wohnung, rechts

von der Thür des Vorhauses, erblickte man eine
Scene aus dem Innern, die eben so lieblich, friedlich
und duftend war wie die im Hofe.

Neben dem Fenster saß auf einem niedrigen
Sessel eine sehr alte Frau, welche auf ihrem Schooße
die Guirnalda mistica aufgeschlagen liegen hatte,
aus welcher sie mit lauter Stimme das dem Tage
entsprechende Capitel vorlas. Auf ihre Knie stützte
sich ein kleines, etwa acht Jahre altes Mädchen, das
an den Lippen seiner Großmutter hing, als ob die
Worte, welche diese aussprach, eine sichtbare Gestalt
gehabt hätten. Neben ihr saß eine Frau von mitt-
lern Jahren und nähte an einem Mannshembde; zu
ihren Füßen, auf dem Boden sitzend, die Beine aus-
gestreckt und die Füße aufgerichtet, so daß sie auf
ihren Fersen ruhten wie zwei wohlabgerichtete Hündlein, war ein kleines Mädchen von fünf Jahren.
Dasselbe wiegte auf seinen Armen mit der größten
mütterlichen Ernsthaftigkeit eine gebackene Puppe, welche
ganz frisch eben so unverletzt aus dem Ofen hervorge-
gangen war, als Sabrach, Mesach und Abednego aus
demjenigen herausgingen, den ihnen Nebucadnezar
hatte bereiten lassen. Dagegen bedrohte diese Arme das
Schicksal der Kinder Saturns. Zur andern Seite
des Fensters, der Alten gegenüber, erblickte man den

Großvater, der auf einem großen, mit Leder über-
zogenen Stuhle, wie man sie in den öffentlichen
Baderstuben hat, saß. Er hatte sich vorwärts ge-
beugt und bildete mit seiner Hand eine Art von
Trichter vor seinem Ohre, um von demjenigen, was
seine Frau las, kein Wort zu verlieren. Vor ihm
spielten zwei kleine Knaben mit Cubilon, dem Hunde
des Greises, der alt war wie sein Herr. Sie hatten
denselben durch Schläge genöthigt, sich eine Art von
Sattel auflegen zu lassen; jetzt waren ihre Händchen
bemüht, ihm den Mund zu öffnen, um ihm einen
Zügel hineinzuschieben. Der Hund wendete seinen großen
Kopf bald zur Rechten und bald zur Linken; aber
seine kleinen Tyrannen folgten behende jeder seiner
Bewegungen. Den Hintergrund dieses Gemäldes
bildete ein Altar, welcher gegen die Fensterwand aufgestellt war und auf welchem sich ein aus Blumen
gemachtes Kreuz erhob, weil auf diesen Tag der
3. Mai fiel, der Tag der Kreuzesauffindung. Auf
jeder Seite war ein Mädchen beschäftigt, die Blumen
an den äußersten Enden des heiligen Baumes zu
befestigen. Ein junger Bursche war auf eine Handleiter gestiegen und hängte an der Decke einen Kronleuchter auf. Dieser war aus zwei Stücken Rohr gebildet,
die durch vier Bindfaden verbunden und an der Decke

befestigt waren. Alles war jedoch so mit Blumen
überkleidet, daß das einfache, rohe Gerippe ganz
verborgen blieb. Die Großmutter las:

I. Es gibt viele Menschen, welche das Kreuz
nicht suchen, sondern vor demselben fliehen; das
Kreuz aber sucht sie auf und findet sie. Dies sind
die Sünder, welche stets ihren Freuden nachgehen;
allein diese fliehen vor ihnen, weil der Mensch,
welcher nicht Gott sucht, niemals zufrieden ist.

II. Andere Menschen suchen die Kreuze und
finden sie wirklich. Dies begegnet denen, welche
anfangen, Gott zu dienen, aber noch nicht genug
Kraft und Liebe zu Gott haben, um Trübsale süß
finden zu können.

III. Heilige Seelen suchen das Kreuz mit
großer Anstrengung, finden aber keins. Der heilige
Franciscus Xaverius wünschte dessen täglich mehr
und mehr und die heilige Theresa bat, entweder
leiden oder sterben zu dürfen. Beide aber fanden
sich mitten in ihren Trübsalen mit Freude erfüllt. *)

Nachdem die Alte ihre Lesung beendet, sprach
die Mutter der Puppe, deren Zähne an der Nase
ihrer Tochter die Wirkung eines Krebsschadens hervorgebracht hatten:

---

*) Aus des Pater Bosch Centellas Guirnalda mistica.

„Mama Juana, sollen wir dem Herrn Papa ein kleines Credo beten?"

„So spricht man nicht," bemerkte ihre ältere Schwester, „denn man sagt: dem Herrn der De= muth, Du kleiner Tölpel. Und wenn Du nicht so sprichst, wird Dich Papa Gott züchtigen."

„Ei, warum nicht gar!" antwortete ganz für sich die Kleine; „der kommt aus seinem Rahmen nicht herab."

„Mama Juana hat heute Alles ohne Brille gelesen," bemerkte das größere Mädchen.

„Wißt Ihr," entgegnete die Alte, „weshalb sich mein Gesicht so gut erhält? Darum, meine Kinder, weil ich niemals einem Blinden ein Almosen verweigert habe und weil die Blinden mich immer mit dem Wunsche segneten: „Gott bewahre Euch Euer Gesicht." Gott hat denselben erhört, denn Ihr wißt schon, viele Amens kommen zum Himmel."

In diesem Augenblicke vernahm man, als hätten die Erinnerungen der Alten dasselbe herbeigezogen, ein Glöckchen.

„Der arme Blinde! Der arme Blinde!" riefen die Kinder im Chor. Und nachdem sie einen Achter

und ein Stück Brot für den Armen erbeten, stürzten
sie Alle in's Vorhaus.

Dort stand der Blinde mit seinem treuen Führer, seinem Hündlein, das an seinem vom Reiben
kahlen Halse den Riemen trug, durch den die Schnur
gezogen war, welche seinen Herrn leitete. An demselben hing auch das Glöckchen, das ihn ankündigte.
Das kluge Thier blieb vor seinem Herrn stehen und
drückte mit seinen beredten Augen die traurige Bitte
aus, welche sein Herr nur mit der Stimme vor-
bringen konnte. Sein Herr gab ihm das Brot; er
gab seinem Herrn seinen Blick. Mit demüthiger
Geberde, wie zum nöthigen Gruße den Schwanz
bis zum Boden herabhängen lassend, wartete das
arme Thier und richtete seine Augen traurig und
voll Unruhe auf die Kinder.

Was wir eben beschreiben, ruft uns eine Stelle
aus Chateaubriand's Génie du Christianisme in's
Gedächtniß, worin es heißt: „Ohne Religion gibt's
kein Gefühl. Buffon setzt durch seinen Stil in Bewunderung. Selten aber rührt er. Man lese seinen
bewunderungswürdigen Artikel über den Hund. Alle
Classen von Hunden sind darin begriffen. Eine einzige fehlt: es ist der Hund des Blinden. Dieser aber
würde der erste sein, der einem religiösen Schrift-

steller eingefallen wäre." Und Ihr, ungläubige
Spanier, Söhne, Schüler und Nachahmer des fran-
zösischen Unglaubens, seid eingedenk, wie dieser
Euer Vater, Meister und Vorbild den großen
Ruhm seines erhabenen Schriftstellers Chateaubriand
mit dem guten Sinn und dem zarten Geschmack in
Ehren hält, womit ein Soldat der Republik das
Grab eines Vendéers grüßt.

„Chiquito, Chiquito, armer Chiquito," sprachen
die Kinder zum Hunde, welcher sich, sobald sie dem
Blinden sein Almosen gereicht, in Liebkosungen zer-
arbeitete. „Bist Du heiß? Hast Du Durst? Bist
Du müde?" Das Thierchen sprang, beleckte ihnen
die Füße und ließ auf einmal zugleich trauriges und
fröhliches Gewinsel vernehmen, wie die Rührung
selbst traurig und lustig ist.

In diesem Augenblick aber vernahm man ein
starkes und dumpfes Knurren. Chiquito ließ einen
hellen durchbringenden Schrei hören, denn Cubilon,
der wenig gastfrei und ein gar strenger Wächter der
Unverletzlichkeit des häuslichen Herdes war, hatte
sich auf den Eindringling geworfen, ihn zu Boden
gestürzt und quetschte ihn mit seinen ungeheuern
Pfoten. „Cubilon! Cubilon! Grausamer! Tauge-
nichts! Ruchloser!" schrien die Kinder. Damit er

seine Beute loslasse, zog eins ihn am Ohr, ein
Anderes ertheilte ihm Faustschläge über die Schnauze;
das größere von den kleinen Mädchen zog ihn mit
großer Gewalt am Schwanze und die Kleinste schleppte
mit der Unerschrockenheit und Kraft, welche allein
Muth und Hochherzigkeit vereint gewähren können,
einen Besen herbei und nahm eben alle ihre Kräfte
zusammen, um denselben auf den Rücken des Delin-
quenten niederfallen zu lassen. Ein Hund, welcher
die Kraft und Wildheit eines Löwen besitzt, hat
gegen Kinder, die er aufwachsen sah und die er
liebt, die Sanftmuth und Duldsamkeit eines Schafes
und erträgt demüthig eine solche Strafe und Schmach,
ohne sich zu rühren oder zu mucksen, obwohl er
durch ein bloßes Schütteln seine unversöhnlichen
Henker zehn Schritte weit hinwegschleudern könnte.
Cubilon ließ seine Beute fahren und begab sich mit
herabhängenden Ohren und Schwanz an die Seite
seines Herrn, machte einige Wendungen, stöhnte wie
ein Blasebalg, warf sich mit seiner ganzen Wucht
nieder und fiel so schwer, daß das ganze Zimmer
erbebte.

Die Kinder traten in den Hof, nachdem sie mit
den Augen dem Blinden und seinem Hündlein gefolgt waren, das von Zeit zu Zeit den Kopf zurück-

wandte, als wollte es seine Danksagungen für das
Almosen und die hochherzige Hilfe erneuern.

Als der Hahn diesen Schwarm nahen sah,
richtete er sein Haupt empor, hob eine Kralle auf
und schaute, wie der Schiffer beim Sturme, der sich
nahet, genau das Wetter an.

„Da fällt mir ein," sprach der ältere unter
den Knaben zur Mutter der Puppe, einer wilden
Cannibalin, welche die Arme ihrer Tochter verzehrt
und Chiquito deren Beine gegeben hatte, „da fällt
mir ein, ob Du wohl weißt, was die Hähne sagen,
wenn sie krähen."

„Sie sagen Kikeriki," antwortete das Kind.

„Was für dumme Gedanken hast Du, Mariechen, Du großer Einfaltspinsel."

„Und Du weißt es, Brüderchen?"

„Ja, ich weiß es, schon seit meiner Geburt
weiß ich es; denke einmal nach."

„Ach, sage mir's."

„Gern thu ich's nicht."

„Geh, Junge, sag mir's, ich gebe Dir von
meiner Puppe das Beste."

Das Brüderchen streckte die Hand aus und
Mariechen riß mit der Kühnheit einer andern Da-
lila ihrer Puppe die Kastanie aus und gab die-

selbe ihrem Bruder, welcher in Vollziehung des An-
gebotes seinen Mund öffnete und daraus ein Hach
und zugleich folgende Erzählung zu machen begann:

„Mehr als tausend Jahre ist's her, da kamen
Feinde in's spanische Land, schlimmer als Arrancao,
häßlicher als Geta, und größere Bösewichter als
Judas. Sie nannten sich Franzosen. Sie führten
in Folge einer Verrätherei den König von Spanien
von dannen, ohne daß sein Volk es erfuhr, das
ihn nicht gehen lassen wollte. Die Nichtswürdigen
machten ihn zum Gefangenen und legten die ge-
heiligte Königsmajestät in einen Block, ohne ihr mehr
als Brot und Wasser zu geben."

„Jesus!" rief Mariechen aus, „und warum
tödtete sie Papa Gott nicht?"

„Schweige, Weib," entgegnete ihr Bruder.
„Gott tödtet die Bösen nicht, sondern diese fahren
zur Hölle, was viel schlimmer ist. Diese Wüthe-
riche plünderten die Ortschaften, verbrannten die
Gebäude, mordeten Alles, was ihnen vorkam, besonders aber die Kinder . . ."

„Heiligste Maria!" schrie Mariechen.

„Und die Hähne," sagte, indem er mit tiefer
Stimme seine Rede schloß, der Knabe. „Daher kam

es, daß die Kinder und Hähne sich vor ihnen mehr fürchteten, als vor'm Wauwau."

„Man brauchte aber wahrlich diese Herodesse nicht zu fürchten!" meinte Mariechen.

Der Erzähler fuhr fort:

„Wenn ein Hahn mit seinen Augen, so gelb wie zwei Sterne, welche bei Tag wie bei Nacht zehn Meilen weit in der Runde sehen können, von irgend einer Seite her die Franzosen erspähte, mit einem schielenden und betrunkenen Könige, den sie vor sich hertrieben, so schickte er sich an, zu krähen, um seine Brüder zu warnen, welche ihm augenblicklich antworteten."

Der Knabe begann nun ganz vollkommen das Krähen der Hähne in folgendem Dialoge nachzuahmen:

„Die Franzmänner nahn."
„Wie viele sind sie?"
„Du zählest sie nie."
„Unglückliche, flieh!"

„Und deshalb krähen sie bei Nacht?" fragte völlig überzeugt Mariechen.

„Ja, diese Geschicklichkeit blieb ihnen; seitdem schlafen sie nicht mehr als eine Stunde."

15*

„Woher weißt Du das, Liebchen? Haben sie Dir's erzählt?"

„Nein; aber der Chorknabe hat mir's gesagt; schau, es schlafen:

> Eine Stunde der Hahn,
> Das Roß ihrer zwei,
> Der Heilige drei,
> Vier, wer's nicht so kann.
> Fünf pilgernde Diener,
> Sechse ein Theatiner,
> Sieben, wer Wege rennt,
> Acht ein Student;
> Mit Neun kann ein Ritter bestehn,
> Ein Einfaltspinsel braucht zehn,
> Elfe ein Säugling hold,
> Zwölfe der Trunkenbold."

Mariechen war von ihrer Ueberraschung noch nicht zurückgekommen, als sie, weil ihr anderer Bruder sie fest am Arme zog, sich umwandte und Beide mit der Nase gegen einander stießen.

„Du weißt auch wohl eben so wenig, was die Schwalben sagen, Mädchen?"

„Nein," antwortete Mariechen voll Staunens.

„Geh, Du träumst, dummes Mädchen! Und der Gelehrte, in den orientalischen Sprachen Bewanderte ahmte auf eine bewundernswürdige Weise die Schwalben mit ihrem behenden Gezwitscher nach,

jenem lustigen Kauderwelsch, das mit einem Hexa-
meter endigt, so lang gezogen, so lieblich und ge-
preßt wie der Kuß der Mutter auf das Kind, das
sie säugt. Mit höchster Leichtigkeit begann er zu
singen:

> „Ich ging an's Meer, ich kam vom Meer,
> Nicht Kalk, noch Stein brauch ich zum Haus,
> Ich komm' ohne Karst und Haue aus,
> Ruf keinen Mann zur Hilfe her,
> Schikurri, Schikurri, Schikurri,
> Gevattrin beatriiiiiiz!"

Das kleine Mädchen sperrte Mund und Augen
auf und richtete den Kopf empor, um nach den
Schwalben zu sehen, welche sich damit beschäftigten,
ihre Nester unter den Dachziegeln zu bauen. Dort
eilten sie ganz ehrbar in ihren weißen Unterkleidern
und schwarzen Mänteln ab und zu und suchten aus
Sympathie glückliche und friedliche Häuser; denn es
geht die Rede, sie brächten Frieden und Glück mit
sich. Wer liebte daher wohl die Schwalben nicht,
diese Vorläuferinnen der Blumen, diese Personifica-
tionen des guten Glaubens und des Vertrauens,
die zum Menschen, dem Tagelöhner sowohl als dem
Könige, sprechen: „Dein Dach ist unser Dach."

„Es ist wahr, es ist wahr," murmelte die

Kleine. Als sie aber den Blick wieder senkte, brach ein Schrei des Schreckens und Schmerzes zwischen ihren Lippen hervor. Der Grund hiervon war, daß ein schwarzes Kätzlein die Momente von Mariechens tiefer Abstraction benutzt und sich der gebackenen Puppe bemächtigt hatte, der Puppe, welche mit den guten alten Statuen Aehnlichkeit hatte, die, wenn sie auch schrecklich verstümmelt, ohne Beine, Arme und Nasen sind, doch einen großen Werth behalten und sehr begehrt werden.

So schnell diese trostlose Ceres auch ihrer Proserpina nacheilte, holte sie doch den schwarzen Pluto nicht ein, welcher sich mit seiner Beute bereits außer dem Bereiche der untröstlichen Mutter, freilich nicht unter der Erde, wie der alte, sondern auf dem Dache befand.

Dies war das Ende der gebackenen Puppe, welche noch kürzer lebte als die Rosen, diese Sinnbilder der Kürze des Daseins.

„Juan vom Kreuze," sprach die gute Alte zu ihrem Enkel, als er, nachdem er den Kronleuchter aufgehangen hatte, die Leiter hinabstieg, „hast Du wohl dafür gesorgt, an das Kreuz im Fichtenwalde einen Blumenkranz zu hängen?"

„Ja, Großmama Juana," versicherte ihr Enkel.

„Vergiß nicht, morgen einen andern frischen hinzutragen, mein Sohn," fuhr die Alte fort. „Meine Mutter war Häuserin beim Pfarrer und hörte den Hochwürdigen eine Geschichte von dem Kreuze erzählen, zu dem sie eine große Andacht hatte. Stets habe ich die Worte im Gedächtnisse, welche lauten:

O hehres Kreuz, o süßer Pfad
Zum Paradiese, tritt vermittelnd ein:
Woll' uns zum Himmel Schlüssel sein!

. . . .

O breite Deine Zweige aus,
Mach' uns ein göttlich Schirmdach draus.

Seid dem Kreuz andächtig zugethan, denn überall werdet Ihr in diesem Zeichen siegen. Vergiß nicht das Blumengehänge, mein Sohn."

„Beruhige Dich, Mama Juana," antwortete der Enkel, denn eher soll es der Sonne an Strahlen fehlen, als dem Kreuz im Fichtenwalde an seinem Blumengehänge."

Inzwischen war der Vater der Kinder eingetreten. Die Mutter hatte den Tisch bereitet, einen großen Napf voll Reis mit eßbaren Muscheln und einem andern voll Bohnen und Lattich aufgetragen, deren schmackhafter Duft bald den süßen Wohlgeruch der Blumen überwältigt hatte, wie das Nützliche stets über das Angenehme die Oberhand gewinnt.

Ein hoher Satz, welchen die Jünger des neuen Cultus des heiligen Positivismus wie Cicaden uns vorflöten.

———

Drittes Capitel.

Einsetzung der Fayence-Fabriken in die ihnen gebührende Stelle. — Juan Palomo und Pedro Palomo, welch ein schönes Taubenpaar! — Das Schweigen ist, im Gegensatz von vielen Dingen, welche wir sehen und die keinen Namen haben, ein Name ohne Gegenstand. —

———

Du weißes Kind der stillen Furcht
Und stummen Dunkels.
Du Bruder der Gelassenheit und Ruhe,
Dir eil' ich über Berg und Auen nach.
                Ode auf das Schweigen
                von Soto de Rojas.

Am Abende des nämlichen Tages hatten zwei Kerle von schlimmem Aussehen von dem einzigen Tische und der einzigen Bank Besitz ergriffen, welche sich in der Schenke befanden, von welcher wir gesprochen haben.

An der Wand hing eine schmutzige Lampe von Eisen, welche mittelst eines Niedersatzes von schlechtem Oele und eines dicken Dochtes, der einen schwarzen

Qualm, wie der Schlot einer Dampfmaschine, em-
portrieb — ein erstorbenes, unsicheres, röthliches
Licht verbreitete, als wäre es der Schimmer einer
an die Wand gelehnten Pechfackel gewesen. Auf
dem Tische stand ein Weinkrug mit Henkeln aus
Fayence von Triana. Wir wollen denselben beschreiben. Er verdient es. Auf dem vordern Theil
dieses Kruges hatte die Hand einer Meisterin, einer
Trianesischen Madame Jacotot, *) mit einem unreinen Blau auf einem weißen Schmutzgrunde ein
apokryphisches Thier gemalt, nach Art der Chimära,
der Harpyien, des Pelicans, des feuerspeienden Dra-
chens, des Hippogryphen, des Phönix, des Sala-
manders, des Basilisken, des Einhorns und vieler
andern, welche die liebliche Menagerie der Einbil-
tungskraft ausmachen, einer reizenden Atalante, welche
in ihrem schnellen Lauf die Wirklichkeit überholt.
Dieses moderne, phantastische Geschöpf war weder
schön noch zierlich. Sollte diese Gattung etwa irgend
einen glaubwürdigen Ursprung oder irgend einen
symbolischen Sinn haben, so haben wir wenigstens

*) Madame Jacotot ist die überaus berühmte Miniatu-
ristin, deren geschickter Pinsel den chinesischen Gegenständen
aus der Fabrik von Sèvres, deren man sich bei Gastmahlen an
der königlichen Tafel bedient, einen unschätzbaren Werth verleiht.

denselben weder fassen noch feststellen können. Sein
Kopf gehörte — wie angesichts der fürchterlichen
Hörner, welche es in einen achtungswerthen Ver-
theidigungsstand setzten, nicht zu bezweifeln — der
Rindviehart an.   Der Bauch hatte Gestalt und
Umfang eines Wallfischbauches. Beine und Pfoten
glichen denen der Heuschrecke und der stark behaarte
Schwanz einem Pferdeschweife. — Wir glauben,
daß in Triana, seinem Vaterlande, diesem überna-
türlichen Unthiere der Name Stier beigelegt wird. —
Wenn diese Krüge, wie es sein sollte, ausgeführt
würden, so würden sie unbezweifelt den Ruf ver-
mehren, welchen in der Fremde Montes, Cuchares
und Redondo bereits genießen, zumal wenn man in
Betracht zöge, wie diese Leute ohne viele Umstände
dergleichen Ungeheuer todtschlagen.   Ein Stier von
der Größe eines Wallfisches, der hüpfen könnte
wie eine Heuschrecke! Wohin würden wir endlich noch
kommen? — Vor'm Weitergehn und nach derjenigen
ihrer Producte, muß auch der Fabriken selber ehrenvolle
Erwähnung geschehen, welche unter allen europäi-
schen Fabriken die ehrwürdigen ältesten sind. Hun-
dert Jahre zählen die von Sèvres. Nun wollen
wir sehen, ob dieses ein Alterthum ist und wie
neu dieses Pergament im Vergleiche mit dem Alter

und der ununterbrochenen Abkunft der Fabriken von
Triana erscheint. Wir wollen als Beweis dieses entfernten Alterthumes nicht die erwähnten Thiere an-
führen, indem wir, wie wir es thun könnten, ohne
daß Jemand das Recht hätte, uns daran zu verhindern, dieselben für antediluvianisch ausgeben. Da
hiergegen aber Zweifel erhoben werden möchten, werden wir unwiderleglichere Beweise beibringen, indem
der Gegenstand ernsthafter ist, als es scheint.

Murillo malte ein Bild der beiden Heiligen,
Justa und Rufina, der Patroninnen von Sevilla,
welche bekanntlich Töpferinnen waren. Dieses Bild
ist aus dem Capuzinerkloster in das Museum von
Sevilla gewandert, und so wird ein Jeder, welcher
sich von der Unwandelbarkeit dieser Fabrication überzeugen will, dieses thun können, wenn er die Erzeugnisse derselben, welche das große Genie von Sevilla zu den Füßen der Heiligen hingemalt hat, mit
denjenigen vergleicht, welche heute fabricirt werden.
Er wird finden, wie sie ganz übereinstimmen. —
Es sind seitdem schon zweihundert Jahre vergangen.
Und, wenn Murillo die Vorsicht gebrauchte — welche
er, wie man glauben muß, auch auf das Malen
solcher Nebendinge verwendete — sich zu vergewissern,
daß es solche Geschirre waren, wie die Heiligen im

Jahre 287 verkauften, so wird sich klar erweisen
lassen, daß diese achtungswerthe Fabrication 1600
Jahre zählt. Deßhalb hat sie alles Interesse einer
lebendigen Mumie und eines in beständiger Bewegung befindlichen status quo. Niemand aber
beachtet, Niemand bewundert dieses! Es erregt
solche Gleichgiltigkeit gegen eine Erscheinung von
Dauer und Unveränderlichkeit in einem Jahrhunderte Aergerniß, worin Alles wechselt, Alles neu
ist — bis auf — und vorzüglich — die Art zu
gehen.

Triana hat die eleganten Fabriken von Sèvres,
Meißen, St. Petersburg, La Granja und andere,
welche verschiedene glänzende Erzeugnisse nach Art
der indischen, japanesischen, hetrurischen, griechischen,
chinesischen und des Rococo an's Licht treten ließen,
ohne Neid und Eifersucht sich hoch erheben sehen.
Nur sprach einmal ein Mönchsbecher zu einem
Becken: chi va piano, va sano; chi va sano,
va lontano. So haben diese edeln Matronen,
ohne sich um die Pompadour und ihre dickbacki-
gen geflügelten Liebesgötter, oder ihre Blumen
mit übertriebener Farbe — wie die Herzoginnen
jener Zeit es mit ihrer Schminke thaten — zu bekümmern, das gute Gezücht ihrer seltsamen Thiere

und wunderlichen Vögel mit einer in ihrem Stande einzigen Beständigkeit fortgesetzt und gefördert.

Die Alterthumskenner sollten ein Schutz- und Trutzbündniß schließen, um die Fabriken von Triana vor jedem Angriffe des Fortschrittes zu sichern, welcher nur eine Profanation sein würde. Der Fortschritt sollte, wenn er durch jene Fabriken dahin geht, mit seinem ganzen Heere das Beispiel eines andern Neuerers, des Marschalls Soult, nachahmen, welcher bei seinem Einzuge in Sevilla vor den Haufen der vorzugsweise einheimischen Erzeugnisse der Fabriken von Triana vorüberschritt, den Hut abnahm und seinen Legionen zurief: Französische Krieger, sechzehn Jahrhunderte schauen Euch an! *)

Kehren wir zu unsern Gästen in der Schenke zurück, von denen der Schenkwirth, indem er sie von der Seite anschaute, zu seinem Weibe sprach: „Juan Palomo und Pedro Palomo! Was für ein schönes Taubenpaar!!" **) Hierauf machte er einen Gang im Zimmer umher, in welchem seine Gäste waren und

---

*) Glückliche Erinnerung an die berühmte Ansprache Bonaparte's an seine Soldaten, als er an den Pyramiden Egyptens vorüberzog: Französische Krieger, von der Höhe dieser Pyramiden schauen vierzig Jahrhunderte auf Euch hernieder!

**) Palomo heißt im Spanischen Taube.

sang seine Motette, anfangs die beiden ersten Sätze:
„Lasset uns kehren hier ein — Lasset uns
trinken den Wein" — mit leiser Stimme, dann
aber die laute eines Vorsängers annehmend, vollendete
er den zweiten Theil: „Laßt uns bezahlen den
Schmaus — Laßt uns gehen nach Haus!"

Vergebens waren indeß die Wandelgänge und
die Anstrengungen, welche die Lungen des Schenk-
wirthes machten, da das Taubenpaar weder bezahlte, noch ging.

„Uebel möge es," sprach der eine, indem er
mit der Faust auf den Tisch schlug, „dem zum Tode
Verurtheilten ergehen, der uns hier schon länger als
zwei Stunden warten läßt."

„Gevatter Pimienta" (Pfeffer), sprach der andere, welcher kaltblütiger zu sein schien; „die Könige sind Könige und warten! . . ."

„Da ich kein König bin, will ich auch auf
nichts warten, als auf den Tod. Ich gehe . . ."

„Wohin?" fragte, indem er eintrat, ein Kerl
hoch und wild von Ansehen, indem er sich mit der
Miene eines Gebieters dem Tische näherte.

Der also Gefragte, welcher sich bereits auf die
Füße gestellt hatte, setzte sich wieder und sprach in
einem gelassenern Tone: „Hast Du Fußeisen an

den Beinen, daß Du uns schon zwei Stunden
Strafwache halten lässest?"

„Ich bin," antwortete der neu Eingetretene,
„nicht eher gekommen, weil ich nicht eher habe
kommen wollen. Wir wollen sehen, wer hier zu
reden hat!"

Der andere Wortführer erwiederte nichts; denn
derjenige, welcher das Wort an ihn gerichtet hatte,
war Marinesoldat und erster Raufbold gewesen und
es gab keinen Schächer und Händelsucher, welcher
wider ihn die Stimme zu erheben gesucht hätte.
Die andern Beiden, von denen der Wirth, ein
großer Kenner der Gattung, gesagt hatte, sie seien
ein gutes Taubenpaar, hatten mit einander das Zeug
dazu, ihrer vier aufzuhenken. Der Eine war ein
Deserteur, welcher einen Mord auf dem Gewissen
hatte, der Andere ein entwichener Festungssträfling.

Der neu Gekommene warf seine Blicke umher
und da er nichts fand, worauf er sitzen konnte,
begab er sich in die Küche, die Wirthin um einen
Sitz anzusprechen.

„Es ist keiner mehr vorhanden," versicherte das
Weib, der diese Turteltaube, die sich mit den Tauben
zusammenzuthun gekommen war, gar nicht behagte,
— „es gibt nur die zwei, welche im Zimmer sind.

Setzen Sie sich einem Stier auf die Hörner oder nehmen Sie auf des Königs Throne Platz."

Der Eisenfresser beachtete gar nicht, was das Weib sagte, erfaßte und hob den ersten Stuhl, den er zur Hand hatte, empor und setzte sich zu den beiden Andern an den Tisch.

Vieles redeten, tranken und gesticulirten sie. Die Unterredung hatte sich erhitzt und erhob sich stufenweise mit den Dünsten des Weines zum Wort-wechsel. Sie sprachen eben davon, welcher unter ihnen dreien im Stande sein möchte, die größte Hel-benthat zu vollbringen.

Der Deserteur und der Festungssträfling be-schrieben ihre frühern Thaten und kündigten für die Zukunft noch größere an.

„Fades Schwatzwerk," sprach mit barscher Stimme der Raufbold. zu seinen Gefährten; „ich setze Alles ein, daß keiner von Euch beiden fähig ist, zu unternehmen, was ich thue."

„Andalusische Großsprecherei" antwortete der Festungssträfling; „ich thue, was Du oder irgend ein anderer Mensch, er sei, wer er wolle, thut. Versteht Ihr mich?"

In diesem Augenblicke vernahm man eine starke, jedoch wenig melodische Stimme, welche sang: „Laßt

uns bezahlen den Schmaus! — Laffet uns gehen
nach Hau — uuaus."

„Der Uhu mit seinem Nachtgesange mag
schweigen, wenn er nicht will, daß ich ihm einen
Ton aufspiele, wonach er einen galizischen Hopser
tanzen muß, der ihm das Fieber zuzieht," schrie der
Raufbold. „Euch aber," fuhr er zu den Andern
gewendet fort, „sage ich, daß Ihr nicht thut, was
ich vermag."

„Was denn?" fragte der Festungssträfling.

„Den ersten, welcher mir, wenn ich von hier
weggehe, vorkommt, wenn es auch über die Mor-
gendämmerung hinaus ist, tobtzuschlagen, aber
nicht verrätherischer Weise, sondern ehrlich und
muthig, von Angesicht zu Angesicht. Dabei überlasse
ich ihm, sich zu vertheidigen, wie er kann und will."

„Wozu die Welt beunruhigen, ohne Vortheil
daraus zu ziehen?" meinte der Deserteur.

„Das würde ich," bemerkte der Festungs-
sträfling gegen den Raufbold, „eben so wenig thun.
Ruhmredigkeit! Rederei! Viel Geschrei und wenig
Wolle, wie das Sprichwort sagt, Prahlereien!"

„Bei der Seele meiner Mutter!" schrie der
Raufbold wüthend, indem er seinen Arm erhob,
„Ihr werdet schon sehen, ob es Ruhmredigkeit ist.

Laßt doch schauen, wer von andaluſiſcher Prahlerei
ſpricht. Ein Valencianer!!! Der Teufel ſoll ihn
holen!"

Da er in bloßen Hemdsärmeln war, ſtreifte ſich
der Aermel auf, als er die Hand erhob und ließ
ſeinen muskulöſen und mit Haaren bewachſenen
Vorderarm ſehen, auf welchem man ein blaues mit
Pulver eingeriebenes Kreuz erblickte, wie diejenigen,
womit die Schiffer ſich zu bezeichnen pflegen.

„Ei ſieh, Du biſt ein guter Chriſt!" ſprach, als
er das Kreuz bemerkte, der Feſtungsſträfling ſpöttiſch.

„Ich bin kein guter Chriſt, denn ich bin ein
ſchlechter Chriſt," antwortete der Raufbold, „aber
ich bin nicht gottlos wie Du, hörſt Du? Ich bin
auch nicht in die mauriſchen Feſtungen gelaufen,
um den Glauben abzuſchwören, hörſt Du? Ich
bin kein Ketzer, kein Jude, hörſt Du? Ich verehre
das Kreuz, das habe ich mit der Milch meiner
Mutter eingeſogen. Gott mag ihre Seele behalten
— und der Teufel die meinige, wenn ich nicht den
für immer zum Schweigen bringe, der hiergegen
etwas ſagen wollte, hörſt Du?"

Welchen Gegenſatz bildete dieſes ſchmutzige
Zimmer mit ſeinem erſtorbenen, röthlichen, unſichern
Lichte, ſeiner drückenden Atmoſphäre, mit dieſen

wilden Menschen ohne Herd, ohne Zufluchtsort,
ohne Liebe und Bande in diesem Leben, ihrer unge-
mäßigten, rauhen und mit Wein genetzten Stimme,
ihrem Gelächter, ihren Gottesläſterungen gegen die
friſche, reine und ruhige Mainacht unter dem pran-
genden Himmelsgewölbe? Das Meer, welches beim
Mangel des Windes in seiner Ruhe einem vor Ver-
folgung ſichern Wilde glich, ruhte ſchweigend und
blickte zum Himmel empor, wie wenn es von ihm
regungslos zu ſein lernen wollte.   Das bleibt es,
indem es der Wolken und Nebel nicht achtet, welche
die Erde aushaucht.   Das ſo ruhige und nachſin-
nende Meer bildete für den Mond einen ſo zaube-
riſchen Spiegel, daß es ihm mehr Glanz verlieh,
als er am Himmel hatte.   Schmeichelnde Wellchen
kamen, wie heimlich, um ſich über den feinen Ufer-
ſand auszubreiten und gingen ſchweigend von dannen, als wollten ſie die großen Wogen nicht wecken,
welche thaten, als merkten ſie hiervon nichts.   Das
liebliche Licht des Mondes hatte ſich der Natur bemächtigt, wie ein wohlthätiger ruhiger Schlaf eines
geplagten Kranken.

Man vernahm tauſenderlei vermiſchtes leiſes
Geſäuſel; vielleicht ſind es Geſänge der Blumen,
Widerhalle, welche in den Höhlungen der Aloes

und Agaven ertönen, Seufzer des Schmetterlings, dem seine Flügel zu schwer werden, der sie aber besten ungeachtet nicht los werden möchte, weil er eingedenk ist, daß er ohne dieselben eine Raupe wäre, die Athemzüge der schlafenden Nacht — lauter so über die Maßen leise Töne, welche unser grobes Gehör nicht zu unterscheiden vermag — oder sollte in der Luft das Geräusch des Tages aus der andern Erdhälfte widerhallen? Es ist möglich, daß, wie der Mensch das Mikroskop erfunden, welches für das Gesicht die Größe der Gegenstände millionenmal vervielfacht, im Laufe der Zeit auch für das Gehör ein Instrument erfunden wird, das die Stärke der Töne auch millionenmal vermehrt und uns dann, wie das Mikroskop es gethan, viele Geheimnisse entdeckt. —

Mein Gott! Welcher hochmüthige, unwissende Materialist erfand das Wort unmöglich? Unmöglich? Gibt es vielleicht Etwas, das es für den Urheber so vieler Wunder wäre? Unmöglich, sprecht Ihr, Ihr Erdenmaulwürfe, während allein die Zusammenstellung einiger Gläser, die Euer körperliches Sehvermögen erhöhen, Euch ein: „Ihr lügt!" in's Gesicht schleudert! Für die Macht Gottes gibt es nichts Unmögliches, weder eine zweite Sündfluth,

noch eine Wiederholung des Fallens von Feuer aus
dem Himmel auf die Erde, wie zu Sodom und
Gomorra; eben so wenig, als es für seine Barmherzigkeit etwas Unmögliches gibt, selbst Eure Bekehrung! Glaubt nur, daß an dem Tage, wo Ihr
in das väterliche Haus heimkehrt, wir die Getreuen
alle, nicht wie Pharisäer, welche sich nicht durch die
Unreinen besudeln lassen möchten, sondern wie der
Vater den verlorenen Sohn, Euch empfangen werden.
Einen Ehrenplatz werden wir Euch einräumen, da Ihr
durch Eure Rückkehr mehr gethan haben werdet, als
wir damit, daß wir nicht in die Irre gingen.

Allein um zu der Scene, welche wir schil-
derten, zurückzukommen, so hörte man deutlich nur
das Gezirpe der Grille, welche wie eine Säge das
Schweigen der Nacht zerschnitt.

Warum singen diese Schlaflosen statt zu ruhen?
Weßhalb ist ihre philharmonische Raserei so uner-
müdlich? Ist es bei ihnen nur Ausdruck der Liebe,
oder sind sie mit einem musikalischen Sinne ausge-
stattet? Sind sie Liebende oder Dilettanten? Oder
sind sie vielleicht, wie die Säuglinge, erklärte Feinde
des Schweigens? Die letzte Voraussetzung wird
wohl die richtige sein mögen, denn Schweigen und
Unschuld — die beiden schönsten Dinge, die man

in der Welt finden kann, sind auch die beiden, welche die meisten Feinde und Verfolger haben.

Habt Ihr nicht, gleich uns, den unaussprech- lichen Zauber des Schweigens wahrgenommen, der ein moralischer und physischer Genuß ist, und habt Ihr nicht auch bemerkt, wie schwer und fast unmöglich es ist, dahin zu gelangen, es zu genießen? Ihr könnt es uns glauben; wir haben hierüber ein ganz be- sonderes und tiefes Studium gemacht. Das voll- kommene Schweigen in der Natur und die unver- änderliche Ruhe im Herzen sind höchst seltene Genüsse. Des erstern erfreuen sich nur die Tauben, die an- dere haben allein die Gerechten.

Die Dichter gehen dem ersten, die Weltweisen dem zweiten, die Alchymisten künstlicher Goldbereit- tung nach, Alle mit sehr geringem Erfolge. Aus den Städten — Ameisenhaufen von jeder Art kleiner und großer Ameisen — entflieht das Schweigen, weil es sich wenig geachtet sieht. Auf dem Lande hält es sich schon ein wenig auf, ungeachtet die kleinen Vögel, deren jeder sich für eine Nachtigall hält, das Insect, welches das eintönige Recitativ dem mannigfaltigen Gesange vorzieht, der Wind, welcher pfeift, die Blätter, welche mit ihm Chorus machen, und selbst das Wasser, welches aus den Schöpf-

eimern der Wässerungsmaschinen rinnt, wie das kaum
vom Leibe seiner Mutter geschiedene Kind, das seine
Stimme versucht, es gemeinschaftlich verfolgen.

Wir haben es auf hohem Meere in den Tagen
tiefer Windstille aufgesucht. Umsonst! Wollt Ihr es
nicht glauben, so fragt Ihr, die Ihr das Glück habt,
Eure Seele nicht dem Teufel und Eure Person nicht
dem Meere — welches eine andere Teufelei ist,
überantwortet zu haben — einen Schiffer, einen
jener Söhne des Oceans darum, die von weiter
nichts wissen, als vom Kommen und Abreisen, wie
die Vögel, und welche im Vertrauen auf ihre
Segel die Entfernungen und im Vertrauen auf
ihren Stern die Gefahren nicht fürchten. Dieselben
werden Euch sagen, wie an solchen Tagen — trotzdem,
daß die Unermeßlichkeit des Meeres und des Himmels wie eine große stillstehende Uhr erscheint,
welche Gott aufzuziehen vergaß — besten Falles
irgend einem schweren Fisch gelüstet, leichtsinniger
Weise emporzuschnellen. Nachdem er seine Schuppen
in der Sonne hat flimmern lassen, fällt er schwer
herab und macht ein geräuschvolles Geplätscher. Das
Schiff, seines erzwungenen far niente müde, neigt
sich und dehnt sich, wobei seine Gelenke krachen wie
diejenigen des Königs Don Pedro. Das Meer aber

schlägt um das Steuerruder her Triller, als wollte
es ihm beweisen, daß seine biegsame Stimme eben
so gut den Discant wie den Baß singt. —

Vorzugsweise und mit großer Anstrengung
haben wir das Schweigen in den Kirchen gesucht;
aber auch dort hat eine Legion mit dem Schnupfen
Behafteter sich einmüthig gegen dasselbe erklärt. —
Ihr werdet mir einwenden, daß es sich bei Nacht
finden wird, da die Dichter stets die Nacht und das
Schweigen als Zwillingsgeschwister schildern. Er-
findung der Dichter, welche mit offenen Augen
träumen und die Worte in Reime bringen, ohne
sich darum zu kümmern, ob die Vorstellungen sich
reimen! Aber wenn auch nicht. Höret Ihr nicht
vielleicht einen nicht sehr englischen Chor von Mücken,
welche sich anstrengen, mittelst Trompetenklanges ihre
wenig angenehme Gegenwart anzumelden, nicht die
kriegerischen Zinken, womit sie ihren blutigen Angriff
androhen, nicht die Geschäftigkeit, womit sie eine
schlecht vertheidigte Hinterthür oder eine Bresche im
Fliegenfenster von Gaze, diesem festen Walle, diesem
uneinnehmbaren Laufgraben, aufsuchen?

So im Sommer! Nun aber im Winter! Gott
stehe uns bei! Der Wind gibt uns etliche Sere-
naden bei vollem Orchester, welche im Stande sind,

das Blut in den Abern der Pyramiden erstarren zu
lassen; die Nachtwächter holen aus ihren Kehlen
oder unter der Erde Laute hervor, welche als Ta-
gestöne ungebräuchlich sind und in dieselben sich
nicht einreihen lassen.   Die ultraromantischen Kater,
welche die classische Melancholie verschmähen, nehmen
ihre Zuflucht zu der modernen Desperation, um das
Interesse der schönen Katzen zu gewinnen, welche
einen Spaziergang auf dem Dache zur Unzeit nicht
für schicklich halten. — Die Regentropfen des Platz-
regens stellen sich dar als ein Heer kleiner Soldaten
von Krystall, welche dem Aufrufe der Liste antworten.

Es ist also nöthig, sich der Täuschung zu entschlagen.
Schweigen ist ein Name ohne Gegenstand,
ein süßes nicht zu verwirklichendes Trugbild, ein von
irgend einem Plato, der sich Baumwolle in die
Ohren gestopft hatte, erträumtes Utopien; eine Er-
götzlichkeit, welche Mahomed für sein eingebildetes
Paradies erfunden.   Deshalb sagt er in seinem
Koran: das Wort ist Silber und das Schweigen
Gold.   Schweigen ist ein Traum, eine Mythe, ein
Aberglauben; es ist voll Verdruß von der Erde hinweg-
geflohen und regiert in den Wolken, ein anbetungswür-
diger Sultan in seinem reinen und herrlichen Serail.

Viertes Capitel.

Die Frühmesse. — Die Romanze. — Der Fichtenwald. — Der Kreuzesarm. — Das Votivbild.

Lassen wir die Glocken die Gläubigen versammeln, denn des Menschen Stimme ist nicht rein genug, um die Unschuld, die Reue und das Unglück am Fuße des Altars zusammenzurufen.

Chateaubriand.

Wären die Glocken mit irgend einem andern Monumente, als den Kirchen, in Verbindung gesetzt, so würden sie ihre moralische Sympathie mit unserm Herzen verloren haben.

Derselbe.

Wenn es einen Ton gibt, welcher grabeswegs in das Herz geht, der die Seele mit heiliger Freude erfüllt und die Augen mit süßen Thränen der Dankbarkeit netzt, so ist es der Ton der Glocke, wenn sie — die beim Schlafwachen der Natur allein behende und helle — im Frühroth, wie der große katholische Dichter Chateaubriand sagt, die Boten des Cultus zu den Wolken und in die Lüfte sendet.

Großartig ist der eherne Ton der Glocken, wenn sie bei einer religiösen Feier im Chore häufig anschlagen oder dem Lande ein glückliches Ereigniß verkündigen; ernst und feierlich alsdann, wenn sie nach der ausdrucksvollen Redensart des Volkes den Todten unter die Erde rufen; aber einfach und ernst, feierlich und fröhlich zugleich, wenn sie zur Frühmesse ertönen und jeder menschlichen Beschäftigung das göttliche Opfer voranstellen.

Es scheint nicht anders, als wollte die Nacht nicht entweichen, ohne diese heiligen und süßen Töne vernommen zu haben und als ob der Tag sich nicht zu kommen getraue, ehe sie ihn nicht rufen. Deswegen ist der Tagesanbruch stumm, unbeweglich und bleich wie eine Alabasterlampe und erleuchtet die Natur mit seinem schwachen Licht, ohne sie zu erwecken (wie eine Mutter ihren eingeschlafenen Sohn mit dem Nachlicht anleuchtet), während die Nacht, auf den Westen gelehnt, ihre Vorhänge ausspannt, welche von Thau beschwert herniederfallen, und ihre Schatten beseelt, welche kraftlos werden und zur Erde niedersinken.

Wenn aber das Herz der Welt — nämlich der Mensch, welcher denkt und empfindet —
erwacht, sind die ersten Klänge, welche ihn treffen, die Schläge jener Glocke, welche das heilige
Opfer verkündigen, wie der erste Ton, welcher
das Kind bildet, der Laut: „Vater" ist. Alsdann entflieht, indem sie, wie der Geizige seinen
Schatz, ihre Sterne zusammenrafft, die Nacht und
verschwindet wie ein arger Gedanke vor dem Lichte
Gottes, das in der Natur so rein und klar ist,
wenn kein Gewölk dasselbe verschattet, wie in der
Erkenntniß der Menschen, wenn kein kalter und bitterer Zweifel dieselbe verdunkelt. Heilig und rein
sind die Klänge, welche die Glocke, diese Stimme
der Kirche, durch die Luft verbreitet und die auf die
Erde herabkommen wie ungebundene Tonzeichen und
Accorde des Hosannah, das die Engel des Himmels
ihrem Gott anstimmen.

Wie wohllautend, wie friedlich, wie süß und
fröhlich sind sie! Und sie sind es, weil die Religion dies Alles demjenigen verspricht, welcher sie
liebt und übt: Friede, Süßigkeit, Fröhlichkeit und
heilige Melodien im Herzen!

Mit solchen Gedanken ging Juan vom Kreuze
an jenem Morgen aus der Kirche, in welcher er die

Frühmesse gehört hatte. Während er seine Richtung
nach dem Kreuz im Fichtenwalde nahm, wohin er
in einem Korbe das frische Blumengewinde .trug,
das er an den Armen jenes heiligen Zeichens unserer Erlösung aufhängen wollte, sang er mit reiner
und heller Stimme folgende Romanze:

> Heute, wo die Kirche feiert
> Das geheimnißreiche Fest,
> Wie St. Helena das heil'ge
> Zeichen einstmals hat entdeckt,
> Das den Christen Trost gewähret
> Und die Hölle tief erschreckt,
> Gehet Blumen einzusammeln,
> Wie sie Flur und Au' Euch schenkt,
> Windet daraus ein Gehänge,
> Laßt vom Kreuze Zweige wehn.

> Singet mit dem Vögelein,
> Das am Baume baut sein Nest,
> Preiset den, der uns erschaffen
> Und der starb, uns frei zu sehn.
> Windet, Christen, windet Blumen,
> Laßt vom Kreuze Zweige wehn,
> Da das Frühroth Euch sie beut
> Heut' am Tag' im Maienlenz.

> Diese himmlische Trophäe
> Sah, ein Zeichen heilig, hehr,
> Constantin, der nie Besiegte,
> Abgedruckt am Himmel stehn.
> Und St. Helena ist kommen,

Hat an heil'ger Stätt' entdeckt
Jenen Schatz, der einst errettet
Das verlorene Geschlecht.
Sie fand die verborgne Stelle,
Wo mit Erde lag umdeckt,
Dieser Diamant des Himmels,
Der, verloren, lang gefehlt.

Singt dem Kreuze Lobeslieder,
Geht hinaus auf Flur und Feld,
Pflücket ihm die schönsten Blumen,
Laßt vom Kreuze Zweige wehn,
Da das Frühroth Euch sie beuet
Heut' am Tag' im Maienlenz.

Juan verfolgte den graben und weißen Pfad,
welcher durch das dichte Buschwerk wie ein Band
durch ein krauses Haar gelegt war und zum Kreuze
im Fichtenwalde hinlief. Schon unterschied er dasselbe auf seinem einfachen runden Piedestal, welches
für das friedliche Fest des Kreuzes frisch geweißt
war; schon erblickte er dieses mit seinen wie um
Gott anzuflehen oder die Menschen zu umfassen ge-
öffneten Armen; — schon gewahrte er das Blumengewinde, welches er das vorige Mal an seinen
Armen aufgehangen, mit seinen, als hätten Thränen sie verdorben oder der Schmerz sie zerstört, wel-
ken Blumen; schon vernahm er das liebliche Rau-
schen der Zweige an den Fichten, das immer weit

ab scheint, — wie eine süße aber entfernte Hoffnung,
so schwermüthig wie eine Erinnerung dessen, was zu
existiren aufhörte, unbestimmt, schwankend, undeut-
lich wie das erste Ja, welches die gebilligte Liebe
der furchtsamen Jungfrau entreißt, die auferzogen
worden im Bereiche des Blickes ihrer Mutter und
im Schatten der Schwingen ihres Schutzengels —
als er plötzlich einen Mann aus dem Fichtenwalde
hervortreten sah. Dieser Mann, von frechem und
hartherzigem Aussehen, kam mit beschleunigten Schrit-
ten auf ihn zu und als er ihm auf Hörweite ge-
naht, rief er ihm mit der ganzen Unverschämtheit
der Kühnheit und dem Despotismus der Gewalt-
thätigkeit ein „Zurück!" entgegen.

Hätte Juan vom Kreuze, als er einen so
schrecklichen Gegner vor sich erblickte, Zeit gehabt
nachzudenken, so würde er, da er keinen Vortheil
davon hatte, einem Straßenräuber Widerstand zu leisten, klüglich das Feld haben räumen müssen und
so einem Anfalle vorgebeugt haben, bei welchem es
viel zu verlieren, aber wenig zu gewinnen gab. Da
aber die Plötzlichkeit des Ereignisses dem Johannes
vom Kreuze keine Zeit zum Ueberlegen gestattete, so
gab er einem ursprünglichen Gefühle einfacher Un-
abhängigkeit und einem ganz von selbst hervortreten-

den Ausbruche von Muth nach, heftete auf seinen Angreifer den hellen Blick seiner braunen Augen und setzte langsam seinen Weg fort.

„Hast Du mich nicht gehört?" sprach barsch der Händelsüchtige und packte den wehrlosen und auf einen Angriff nicht gefaßten Jüngling beim Arme.

„Laßt mich gehen," antwortete Juan, indem er sich von dem brutalen Griffe des Unbekannten loswand. „Wozu sucht Ihr Händel mit mir? Hindere ich Euch etwa? Ist in Gottes freiem Felde kein Platz für uns Beide?"

„Zurück!" wiederholte der Fremde.

„Geht mit Gott und laßt mich in Frieden!" entgegnete Juan vom Kreuze und that einen Schritt vorwärts.

„Zurück!" schrie zum dritten Male der Händelsuchende, „wo nicht, so vertheidige Dich" — fügte er, indem er mit seiner Flinte auf ihn zielte, hinzu, „denn entweder kehrst Du um, oder ich lasse Dich hier auf dem Platze."

Leicht und beweglich, wie er war, warf sich Juan vom Kreuze auf seinen Gegner, griff mit der Schnelligkeit des Strahles nach der Flinte und der Schuß fuhr in die Luft.

Das Alles war eher gethan als gedacht.
Der Raufbold, denn dieser war es — blieb einen
Augenblick unschlüssig und von Erstaunen und Wuth
übermannt.

„Haben wir nicht das?" murmelte er, indem
er sein Scheermesser hervorzog. „Kleiner, bereite
Dich, vertheidige Dich und befiehl Deine Seele
Gott."

Bei diesen Worten stürzte er sich über Juan
vom Kreuze hin. Dieser vertheidigte sich mit Klugheit und Unerschrockenheit, wobei er dahin trachtete,
die Streiche des Rasenden abzuwehren. Indem er
aber immer weiter zurückwich und Boden verlor,
kam er aus dem Wege. Er verwickelte seine Füße
in das Gesträuch am Boden. Der Unglückliche verlor das Gleichgewicht und fiel rücklings nieder, riß
aber bei seinem Falle seinen unversöhnlichen Gegner
mit sich hinab. Dieser packte mit einer Hand sein
wehrloses Opfer, das nun keinen Widerstand mehr
leisten konnte. Mit der andern erhob er das mör-
derische Werkzeug und wollte den Streich damit
führen, als von einem Gegenstande der Ungestüm
seines Armes auf- und die Vollendung seiner Handlung zurück gehalten ward, der von größerer Stärke
und Festigkeit war, als Steineichen und Zwergpal-

men, der aber nicht, wie diese, der Schwere der
Körper der Kämpfenden gewichen war, und nun
sich zwischen den Arm des Meuchelmörders und
seines gefallenen Opfers warf. Der erste heftete
seine wilden und blutgierigen Blicke voll Wuth auf
diesen Gegenstand . . . und . . . vermochte nicht,
dieselben davon abzuwenden. Die zusammengezoge-
nen Muskeln seines Gesichtes erweiterten sich. Seine
Blicke schienen sich nach Innen zurückzuziehen, wie
eine Schlange in die Erde. Seine Arme fielen, san-
ken wehrlos an seinen Seiten nieder. Der Gegenstand, welcher seinen schützenden Arm über die Brust
des Unschuldigen gebreitet hatte, war... ein Kreuz!

„Wohl kannst Du Gott danken," sprach der
Mörder, indem er sich erhob, „für den Schild, den
er Dir vor die Brust gelegt hat." — Bei diesen
Worten entfernte er sich eiligst und verschwand im
Fichtenwalde.

Das Kreuz, welches seinen Verehrer rettete,
war nach dem frommen Brauch unsers Landes an
dieser Stelle errichtet, weil dort ein armer Hirt
durch einen Stier getödtet war. Die Steineichen
und das Gesträuch, welche später emporgeschossen
waren, hatten das demüthige hölzerne Kreuz ver-
steckt.

17*

Einige Augenblicke später hängte Johannes mit
noch zitternder und bewegter Hand das frische Blumengewinde, das er mit Thränen der Dankbarkeit
netzte, an den Armen des Kreuzes im Fichtenwald
auf und that das Gelübde, das Andenken seiner
wunderbaren Rettung durch das Kreuz zu verewi-
gen, indem er sie in einem Bilde dargestellt bewahrte,
das als ein Zeuge seines Glaubens und seiner
Dankbarkeit auf dem Kreuzaltare zur Erbauung
frommer Seelen aufgehängt werden sollte.

Und dieses war das Votivbild, welches dem
protestantischen Decorum ein solches Aegerniß gegeben hatte. Diese fromme Opfergabe des Glaubens
und der Dankbarkeit war es, von welcher diejenigen,
welche uns bekehren wollen, also sprachen:

„Es ist eine große Unehrerbietigkeit," sagte
Master Hill.

„Eine Ehrfurchtswidrigkeit, mein Lieber," antwortete der Andere.

„Eine Lächerlichkeit, Freund."

„Eine Unpaßlichkeit, Sir."

„Eine Entweihung, dear."

Wird nun — nachdem man die katholische
Thatsache mit der protestantischen Auslegung verglichen, nicht jeder wohlmeinende Verstand, nicht

jedes gesunde Herz, mit uns die Worte des heiligen Paulus wiederholen: Wer wird schwach,
ohne daß ich schwach werde? Wer wird
geärgert, ohne daß ich brenne?

Anmerkung.

Durch ein sonderbares Zusammentreffen haben,
während des Druckes vorstehender Erzählung, die
Madrider Blätter, nach dem Diario de Tolosa die
Erzählung eines an den Grenzen Cataloniens ver-
übten Attentates gebracht, in welcher sich folgende
Stelle befindet:

„Vor einigen Tagen meldeten wir die von
Frankreich geschehene Auslieferung eines Juan Da-
straba, welcher des Meuchelmords angeklagt worden.
Das Verbrechen ward auf folgende Weise begangen.
Noch vor einigen Monaten war der Angeschuldigte
Eigenthümer eines an der äußersten Grenze Cataloniens ganz einsam gelegenen Wirthshauses. An
diesem Orte hielt nur selten einer oder der andere Reisende an. Juan, ein junger Mann mit
angenehmen Gesichtszügen, war leidenschaftlich in

die Tochter eines Arbeitsmannes verliebt, der in
der Nähe wohnte. Auch sie ihrerseits liebte ihn.
Allein die Eltern willigten in die Heirath nicht und
wendeten die Armuth des Bräutigams vor. Nachdem er diesen abweisenden Bescheid empfangen,
kehrte der Gastwirth traurig heim, weil er keine
Hoffnung hatte, so viel Geld zusammenzubringen,
als zur Erfüllung der Wünsche der Eltern des Mäd-
chens, das er liebte, erforderlich war. Hierüber dachte
er in einer stürmischen Nacht eben nach, als er vernahm, wie man vor der Thür seines einsamen Wirthshauses heftig rief.

Es war ein Mann zu Roß, welcher sich in
der durch Gestrüpp verwachsenen Gegend verirrt
hatte und aus Furcht vor dem Unwetter um gast-
liche Aufnahme für diese Nacht bat. Juan nahm
ihn auf, zündete Licht und Feuer an und ging eilig
an die Bereitung eines Nachtmahles.

Während er sich damit beschäftigte, bemerkte er,
daß der Fremde, dessen Kleidung schon bezeigte, daß
er ein wohlhabender Mann sei, Geld im Ueber-
flusse hatte. Ein plötzlicher Gedanke durchkreuzte
den Sinn des Gastwirthes; er meinte, daß, wenn
er mittelst jenes Geldes die Hand seiner Geliebten
erlange, das Glück seines Lebens gesichert sei.

Das Wirthshaus befand sich an einer entlegenen Stelle. Die Nacht war stürmisch, der Weg
einsam.

Mit einem breiten catalonischen Scheermesser
bewaffnet, nahete sich Juan mit Wolfsschritten dem
Reisenden, welcher mit großem Appetite speiste, packte
denselben von hinten und versetzte ihm einen Messer-
stich in die Brust. Der Unglückliche sank in seinem
Blute gebadet, zu Boden. — Juan wollte ihn vollends tödten. Allein sein Mordinstrument glitt an
einem Crucifixe ab, das der Fremde unter dem Hemde
auf der Brust trug. Als der Gastwirth dieses Sinn-
bild unsers Glaubens, das in Spanien sogar
von den verbrecherischsten Menschen so sehr verehrt
wird, erblickte, fühlte er, wie ihn die Kraft verließ,
und wagte nicht, den Mord zu vollbringen."

———

Bemerkung des Herausgebers.

———

Beim Schlusse dieser Erzählung glauben wir,
unsere Leser werden es uns Dank wissen, wenn wir

sie mit dem Urtheile bekannt machen, das der ausgezeichnete Marquis von Valdegamas darüber fällte. Folgende Zeilen schrieb derselbe an einen Freund, welcher ihm das Votivbild zum Lesen zugeschickt hatte:

„Mein Freund, ich sende Ihnen die niedliche kleine Novelle: das Votivbild, zurück, die ich mit unendlichem Vergnügen gelesen habe. Sie ist eine Vereinigung von Rührungen, welche aber von geübter Meisterhand hervorgebracht werden. Die religiösen Grundsätze des Verfassers sollten zu andern Zeiten nicht gerühmt werden müssen, da es Niemand gestattet ist, andere zu haben, wenn er die Taufe empfangen hat. Heutzutage aber ist die Erfüllung der Pflicht eine heroische Handlung, welche andauernden Beifall verdient. Fernan Caballero möge auf diesem Wege fortfahren und er wird sich um die Religion, um die Literatur und um sein Vaterland wohl verdient machen.

Ihr wohlgeneigtester Freund

Donoso."

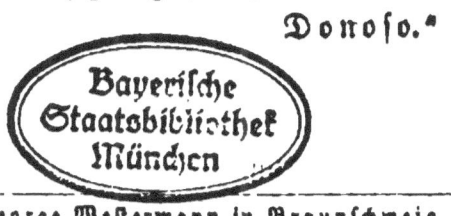
Druck von George Westermann in Braunschweig.